사랑의 힘

The Power of Love

KB140314

박덕은 시선집

사랑의 힘

2023년 9월 15일 인쇄
2023년 9월 20일 발행

지은이 박덕은

펴낸이 강경호 편집장 강나루 디자인 정찬애
펴낸곳 도서출판 시와사람
등록 1994년 6월 10일 제 05-01-0155호
주소 광주시 동구 양림로 119번길 21-1(학동)
전화 (062)224-5319   E-mail jcapoet@hanmail.net

ISBN 978-89-5665-686-1   03810

· 잘못된 책은 구입하신 서점에서 바꾸어 드립니다.
· 값은 표지에 있습니다.

이 도서의 국립중앙도서관 출판예정도서목록(CIP)은
서지정보유통지원시스템 홈페이지(http://seoji.nl.go.kr)와
국가자료종합목록 구축시스템(http://kolis-net.nl.go.kr)에서
이용할 수 있습니다.

© 박덕은, 2023
이 책의 저작권은 저자에게 있습니다.
저작권에 의해 보호를 받는 저작물이므로 저자의 허락 없이
무단 전재와 복제를 금합니다.

사랑의 힘

박덕은 시선집

박덕은 교수
올해에서
1982. 10. 16.
그림화

시와사람

나의 시는
아픔의 목록을
적어 내려간
삶의 고발장이다

나에게 할당된 불행을
잊지 않겠다는
문신이다

추락해도
끝끝내 일어서는
첫 얼굴이다.

2023년 푸르른 날에 박덕은

박덕은 박사께

최승범

세월은 빠르기도 하이
그래 어느덧 희년
박덕은 박사의
희년을 맞이하여
오늘의
더할 수 없는
기쁨 크게
누리시는가

나와의 인연도
어찌 적다 하리
소맷부리만 스쳐도
몇 생의 인연이랬는데
우리의
연줄을 그리자면

얼마쯤일까

갈재를 넘어오고
갈재를 넘어가고
봄 여름 가을 겨울
생각들 영글리며
우리들
뜻을 모두어
몇몇 학기였던가

우리들 공부는
언제나 즐거웠어
가르침과 배움이
따로 없었어
자투리
몇 분이래도
우리 서로
아쉬웠어.

시인들과 함께

신달자 시인이랑
행복한 담소

나태주 시인이랑
추억 쌓기

허형만 시인과 옛날 얘기 주고받기

안도현 시인이랑 사진 한 컷

사랑의 힘 _ 차례

■ 작가의 말
■ 희년송/ 최승범
■ 축하마당

1 바람은 시간을 털어낸다

2　케노시스

3 사랑의 힘

4 짝사랑

축하마당

Recommended for the Nobel Prize in Literature

It is a blessing to live at the same time as Professor Deok-eun Park, a romantic writer of this era.

As a famous writer, artist, and educator, the artistic anguish and joy that flows through his work unfolds beautifully and mysteriously on the panorama of time.

If you're reading the award-shaking immersion process, you'll find yourself happy to return home in search of the truth.

I recommend reading through Deok-eun Park's collection of poems [Happy Imagery], poetry collection [*Dokdo*], poetry collection [*5.18*], and essay collection [*Reading the Window*]. And, it is recommended for the Nobel Prize in Literature.

Jeong Ho-sun
15th National Assembly member
Chairman, Korea Nobel Foundation

Recommendation

Professor Deok-eun Park is a writer who delivers a new message to the global civilization in the era of the global pandemic. As seen in tbe 10 volumes of [People Who Shined the World] series, including his book [The Scientists Who Shined the World], Deok-eun Park has provided a starting point for developing a DNA vaccine that catches Corona and a direction and flag for world unity.

And we can see a brilliant poetical imgination in his collections of poems like [Happy Imagcry], [5.18], [Dokcío], and in the collection of essays [(I) Read the Window], etc., and the compilation of aspirations for world peace and liberal democracy as well.

So I wish Deok-eun Park, the poet, to become the first recipient of the Nobel Prize in Literature in Korea.

Oct. 25th. 2021

UN NGO Peace Ambassador
Ambassador **Seung-eok Park** of the Republic of Korea

Nobel Prize in Literature

73-year-old Tanzanian novelist Abdulrazak Gurnah has been awarded the 2021 Nobel Prize in Literature.

It is the first time in 35 years that an African-American author has been awarded the world's highest Nobel Prize for Literature since Wotlcsoinka, Nigeria, in 1986.

Intellectuals all over the world say that in order to understand European and Latin American literature, you must first understand Asian and African literature.

In this regard, I hope that he will receive the Nobel Prize for Literature by actively illuminating the literary world of Professor Deok-eun Park as a representative of Korean literature.

If the literary flow of this year's Nobel Laureates drew consensus on the sad lives of refugees from colonies through a literary perspective, the literary horizon of the writer, Professor Deok-eun Park, first approaches the truth of the reality of the divided country and the gaze of the 5.18 Gwangju Demoeratization Movement in a very real way. I approached it in a way. And he showed us the direction, horizon, and flag of liberal democracy. I heard that it was a difficult task for any writer to imitate.

This provided an opportunity for mankind to openly discuss the issue of the division of North and South Korea and liberal democracy. Writer Deok-eun Park hopes that the literature of his professors will contribute greatly to this, and hope that the next Nobel Prize in Literature will reveal a very splendid achievement.

November 11, 2021

Consul-General of Ethiopia in Korea

2022 Nobel Prize in Literature

Letter of Recommendation

Nationality: Korea

Name: Professor Deok-eun Park

The above person is cordially
recommended as a nominee for the
2022 Nobel Prize in Literature in
「Nobel Literature」

October 1, 2021

Nobel Literature

Issuance number ˸ 202114

2022 Nobel Prize in Literature

Letter of Recommendation

Nationality: Korea
Name: Professor Deok-eun Park

The above person is cordially
recommended as a nominee for the
2022 Nobel Prize in Literature by
「NOBEL TIMES」

October 1, 2021

Nobel Prize in Literature

We support the challenge of the Nobel Prize in Literature by Professor Deok-eun Park, the master of literature of this era. Professor Deok-eun Park has already received the Golden Chan Literary Award for recognition, and I believe that he will play a sufficient role as a central axis of Korean literature and world literature.

I sincerely wish for the Nobel Prize for Literature.

November 10, 2021

Literature Plaza Publisher

Ok-ja Kim

Issuance number : 202113

2022 Nobel Prize in Literature

Letter of Recommendation

Nationality: Korea

Name: Professor Deok-eun Park

The above person is cordially
recommended as a nominee for the
2022 Nobel Prize in Literature by
「Oriental Literature」

October 1, 2021

Oriental Literature

Issuance number : 202112

2022 Nobel Prize in Literature

Letter of Recommendation

Nationality: Korea

Name: Professor Deok-eun Park

The above person is cordially
recommended as a nominee for the
2022 Nobel Prize in Literature by
「Literary Newspaper」

October 1, 2021

Literary Newspape

노벨문학상 추천사

格山德海

인격은 산과 같이 덕은 바다 같이 하소서!

박덕은 교수님
노벨문학상을 응원합니다.

2021년 10월 23일

남재 **임 기 옥 Lim Ki Ok**
Nobel University Rh.D
Nobel Univesity 겸임교수

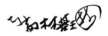

Nobel Prize in Literature Recommendation

People who read Poet Deok-eun Park, who was a professor at Chonnam National University, seem to be deeply moved by the stairs of contemplation that he leads. The mysterious world of works felt every step of the way, the feast of subtle colors and images in the 24th collection of poems [Happy Imagery], and the straight direction for liberal democracy and patriotism in the collections of poems [5.18] and [*Dokdo*]. Judging from the fierce flag, it is clear that he is a wise man from the East and a genius poet of this era. I dare recommend the Nobel Prize in Literature, as there are enough elements of human contribution to receive the Nobel Prize in Literature on behalf of Asia

Seoul National University Headquarters Director

Dr. Daeil Kang

K 전국기자협회 National Journalists Association

Recommendation for the
2022 Nobel Prize in Literature

Due to the global outbreak of COVID-19, humanity is becoming more and more devastated mentally and physically suffering unbearable pain.

Fortunately, however, writer, professor, and painter Duk-eun, Park poet's poems are like a magic vaccine, healing and brightening the reader.

National poet Deok-eun Park has published the most books and received the most literary awards among the existing Asian poets. He also published 128 books, including the 24th collection of poems [Happy Imagery], the collection of poems [*Dokdo*], the collection of poems [5.18], and the collection of essays [Reading the Window]. The next Nobel Prize laureate in literature, in that it sublimates in the work a clear image, unfamiliarity, a strong perception of reality, the direction and flag of a nation to go forward, patriotism, the spirit of harmony among the people of the world, and emphasis on the importance of liberal democracy. is considered to be the best fit.

American psychoanalyst Smiley Blanton said that worry is the most terrifying personality-destroying epidemic. On the other hand, Poet Deok-eun Park's works dare to be considered a vaccine that cures all of these.

Oct. 27th. 2021

National Journalists Association
Guk Yongho Secretary General

Nobel Prize in Literature Recommendation

Let's give our body and mind to the Buddha.

Early on, Tagore called Korea 'the burning lamp of the East' and prophesied that 'in the not too distant future, this country will have a wide reputation on earth'. It is believed that the root of Western culture came from Christian thought, and the root of Eastern culture started with Buddhist thought. In Professor Park's context flow, the Christian sentiment of love and forgiveness flows, and on the other side, the Buddhist sentiment of mercy and wisdom flows silently. In Buddhism, there is a feeling of static bliss by silently seeking the truth, seeing the walls and realizing the truth, while nirvana is achieved by eliminating dynamic stubbornness and arrogance, practicing selflessness and non-possession, and giving help at no cost. Prof. Deok-eun Park's award-winning poet Deok-eun Park's presentation is that you can feel the stillness and dynamic rhythm at the same time, so all citizens of the world will love Professor Park's literature.

As the Asian representative for the next Nobel Prize in Literature, I hope that you will become a beacon of hope for this country.

Nov. 1st. 2021

President of Sambo Newspaper
President of Sambo Buddhist University
Heung-nam Lee

Poetry book recommendation

Poet Park Deok-eun has published over 30 poetry collections so far. His poetry has consistently sung about the loneliness, longing, and love that lie within a single human being. His poetic object may be the absolute or someone he loves, but it is the purest object that humans aim for. I have never seen a serenade in the history of our poetry that showed such passionate love for humanity.

The Korea Nobel Foundation recommended him as a candidate for the Nobel Prize in Literature.

Park Deok-eun's expects his poet's poetic achievements to be evaluated fairly.

September 11, 2023

Literary critic Kang Kyung-ho 구 ㅅ ㅣ경 ㄴ

1

바람은 시간을 털어낸다

안개

너는
갓 태어난 향수의 날갯짓,
스멀스멀 물보라 속을 꿰어 가다가
돌팔매질당한 새처럼 가슴 두근거리며
하늘로 하늘로 날아 오른다

희살 짓는 바람소리가 몰려가듯
식은 땀 탁한 빛깔로 묻혀 가다가,
묵묵히 낡은 외투자락을 벗기듯
앙상한 추억들이 사라지면서,
햇살이 물 흐르듯
갈라진 목청을 푼다

오랜 망설임의 골방을 돌아 나서듯,
산자락을 그늘로 적시면서,
빈혈 같은 맥박을 흔들어 달싹이듯
허울 같은 맥박을 흔들어 달싹이듯
허울 벗은 여울물 소리 되어
숨가쁘게 시간의 빈자리를
휩쓸고 지나간다

갈증들도 때마침 무더기로 돋아나고
부끄러운 과거의 앙금들도
산자락에 자꾸만 묻어 내린다

침묵이 흐르고 말면 그뿐,
아무에게도 말할 수 없는 자리…

때에 절은 일상을 휘어감고 살 듯
물오른 꽃송일 바라보다가
칡덩굴로 얽어 핀 꽃송일 마주보다가
천 갈래 만 갈래로 찢어 얽어 핀 꽃송일 노려보다가,
한 움큼 훑어내어 하얗게 핀 꽃송일 뒹굴어 안고
산등성이 살가죽 위에 흩뿌려져 핀 삶이여
눈부시게 조여드는 아내의 눈빛같이
희뿌연 햇살, 그 햇살로 핀 생이여
해묵은 이야기들 털어내리며
빛바랜 소식들 씻어 내리며
귀가를 서두르는 서민의 마음으로
귀향을 조마거리는 떠돌이의 심정으로
한꺼번에 한꺼번에 피워 오른 정이여
맘 놓고 맘 놓고 피워 오른 넋이여.

바람은 시간을 털어낸다

때까치 울음 같은 바람이 되었다
피가 잉잉거리는 질퍽한 길을 따라
줄무늬져 오는 석양빛을 뿌리치며 갔다
동산의 축축한 시간을 털어내자마자
깃털처럼 부서져 내린 취기
계속 바람은 달렸다
흙구덩이에 잠긴 심호흡을 딛고
얼기설기 털 돋친 삶의 음계를
한 꺼풀 한 꺼풀 벗기면
포도시 속살 벗는 산맥, 그 등성이를 털어낸다
점점 소슬한 진펄에 밀리는
육신(肉身)의 몸부림 몇 점,
우적우적 깨물어 먹고 질근질근 깨물어 먹고
노자 한 푼 없이 한사코 가라, 바람개비같이 돌며 가라
숭숭 구멍 뚫린 갈림길로
머슴살이 손때도 쌍심지 돋은 자존심으로 씻으며
달음박질로 가라, 기지개 켜며 치달려가라, 얄미운 바람
자박자박 바람을 지쳐 달렸다
둔탁한 발걸음 소리 질질 끌어 데불고
변두리 샛길로 접어 들면,
쑥대머리 동네 아이들의 헛웃음소리, 히히, 헤헤

그 사이를 비집고 기어코 끼어 드는
아내의 육자배기 가락 몇 올,
파닥이며 돌아눕는 죽은 아이의 부르튼 울음소리,
갈앉아 조상의 산맥을 더듬어 헤매는
노모의 녹쉰 염불 소리,
와르르 쏟아져 내려 별빛같이
개구리 울음밭에 뿌려졌다
바람도 숨을 멈춘 채
벼포기들 사이로
시름시름 자맥질을 하면서
바람은 시간을 털어낸다.

누이야 누이야

갈밭 모서리에 비켜 서서 울어쌌던 누이야
한아름 치마폭으로 텅 빈 뻘밭을 가리고 서서
갯물에다 한사코 술통의 때 매듭을 헹궈쌌던 누이야
머리 풀고 몸져 누운 풀꽃 더미 공동산에서
흔들어도 소리내지 않는 아이의 눈빛 속에서
조막손만 한 마음밭을 일구던 때를 기억하는가
누이야, 산실에 벗어 둔 고무신을 끌어안고
휑한 젖가슴에 얼굴 묻은 채
챙겨야 할 호흡도 잊고 서서
마냥 그렇게 울어쌌던 누이야

여긴 머언 나라,
멍멍한 가슴 위를 동동 깨금발로 건너뛰면
어슬어슬 찾아드는 한숨 같은 울음결,
눈 흘깃 쳐다보고 달빛 몇 올 허공 중에 걸어 놓고
돌음길로 돌아 돌아오는 외진 오솔길
바들거리는 두 손 안으로 안으로 곱아쥐고
초가집의 녹슨 문패마다
꽁꽁 두드리는 얼룩진 마음같이
저녁이다, 누이야, 어스름졌어
헝크러진 새벽잠을 부엌에 부리고 나와

구겨진 하늘을 멀거니 올려다보는 누이야
껍질만 수부룩한 아쉬움 한 사발
문지방에 덜렁 떠놓아 두고
핑 돌아서 가는 누이야
젖내 나는 길을 가다 말고
바람 속 거풍 같은 아이의 울음소리로
찔끔찔끔 옷을 추스르는 누이야, 누이야
추억으로 물들어 가는
솔내음 짙은 황톳길 위,
발자국마다 묻어나는 목마름의 빛깔들처럼
서투른 몸짓으로
언덕길을 오르고 또 오르는 누이야

이제,
쏠리는 계절의 들 끝을 돌아나와
정갈한 마음깃을 세우고 서서
살아 있는 눈빛으로 살아가는 누이야
벙근 기억의 외짝문에 바짝 기대어 서 있는
아침 햇살처럼 늘 그렇게
살아 있는 누이야, 누이야.

외출外出

오늘은 우리 넉살중에
싱싱한 외출 한 번 해보도록 하자
중얼거리던 생명줄도
칭칭 감아 챙겨 들고
이물스런 의족義足도
어깨춤으로 끄싯고
에헤야 어절씨구
푸성귀 같은 일상 생활일랑
등테받이에 꾹꾹 쑤셔 담고
단발마 같은 성깔일랑
다리미질로 쓱쓱 문질러 버리고
에헤야 두리둥실
이무기돌 틈새에서 홰애 홰애
잊혀던 풍뎅이 활개도 되찾아
주막의 취기처럼
서로의 빈 잔 으밀아밀 채워 주며
에헤야 덩더더쿵
죽정이들끼리 귓불 맞부비며
물이랑져 흐르는 우리들의 젖줄 찾아
써레질로 까시락 허물도 잠재우는
우리들의 선산발치 향수 찾아

에헤야 어허덜싸

우리 오늘은 주눅 좋게

깐깐한 외출 한번 해보기로 하자.

거시기 · 1

처진 쪽에서
삭혀 낸 갈림길

도수 높은 불균형을
엇바꾸는 자화상

몇 굽이
시늉 같은 침묵로도,
몇 방울
푸성귀 같은 신바람으로도
깡그리 지울 수 없는…

말아올리듯
역겨운 우리의 달변

더 커다란 인식으로
멈춰 뜬 우리의 원점原點.

타령 · 2

두뿔치기 삼 년 만에 어디
뚜껑밥 신세나 면해 볼까
어허야 달구야 내 사랑아

두꺼비 씨름은 해서 뭘 하나
원통한 자들끼리 도토리 키재길세
어허야 어여 내 사랑아

될뻔댁 생활도 한두 번이지
차마 오늘도 빚 주고 빰 맞을까
어허라 어허둥둥 내 사랑아

뒤웅박 찬 채 바람 그만 잡고
베돌던 과거나 질근질근 씹어 먹세
얼씨구나 어절씨구 내 사랑아.

맥脈 · 1

가령,
여기 한 되 남짓
쪽모이 공간이 있다고 하자

빗발치는 가슴 속에서도
쪽빛 하늘 빛무리 속에서도 차마
형색 없는 문을 열지 못한 채
졸리운 듯 살아온
그런
노을 같은 공간

얼마 있으면
표정도 없고
운명도 없을
한 되 남짓한
엷디엷은 공간

그러나,
살냄새엔 듯
체온의 부대낌 속에서도
투명한 풍경을 간직해 온

그저
낮달 같은 공간

송송 돋은 정념만으로도
숨고른 입술만으로도
사뭇 옷깃을 여민 채
챙겨 둔 생명을
불같이 토해 내는
그런
쪽모이 공간이 있다고 하자.

맥脈 · 2

바람에 둘둘 말리는 꽃내음,
실오라기로 등 대고 돌며
솔솔 끊길 듯 다시 밀리는
마음깃 그늘 속,
향내야, 무늬 지은 봄빛 마을
재 너머 모퉁이에 웅크린 향내야
겹겹 접힌 돌 밑 삶의 꾸러미를
실낱 한두 가닥 추리듯
아지랑이로 펴서 떠들썩 펴서
얕은 담 위로 훅훅 불어 날려라
잡힐 듯 떠밀리며 맞붙어 줄 서는
뜻밖의 아이들, 투박한 아이들
파묻힌 사연들만 불쑥불쑥 되살아나고…

빈 목소리만 살아남아 잠든
골짜기 긴 섣달 그믐날,
끊길 듯 다시 밀리는
마음깃 그늘 속,
겨우내 울 안 장독 곁에서만
가슴도 없이 눌러앉아
가는 호흡 빠꼼이 살아온 향내야

골목 깊이 긴긴 어둠 속 침묵 깨치고
가쁜 열기 전하듯, 향내야
맨발로 우뚝 바람소리 딛고 서서
골 가득 한바탕 크게 웃어라
잡힐 듯 떠밀리며 맞붙어 줄 서는
눈물 어린 아이들, 목마른 아이들
잊혀진 기억들만 불쑥불쑥 되비쳐 오고…

맥脈 · 3

토끼풀밭을 건너오는
아침 햇살 따라 혼자서
아저씨네 온상에 가 보았다

미신으로 찌든 표정과
웅크린 어깻살 너머
솟구치는 흙의 헛구역질
어디선지 연이어
날아드는 실안개의 숨결로
온상 안은 갑자기 수런대기 시작했다

전쟁터에서 배운 침묵과
홀아비의 습관된 환부患部에서
오랜만에 피어나는 정담,
어느새 그 틈새로
벌겋게 달아오르는 외로움
더불어 낮게 깔려
회생하는 햇발이
기억 속에 휘말리는 실바람 되어
온상 안을 온통 잔물결로 채워 놓았다

아저씨는 뒤돌아봄도 없이
떠나간 아내의 젖가슴인 양
흙투덩을 더듬거리며
아침 내내
끈끈한 고통 조각들을
애써 주워 모으고 있었다.

맥脈 · 4

멀리서도 아닌 듯
가까이서도 아닌 듯
평원平原 위
쓸리는 떼울음으로
그녀는 부서지고 있었다

이슬빛도 없이
젖내음도 없이
그을린 생활 그 틈새에서
누군가의 손짓으로
문득문득 부서지고 있었다
꿈길 건너 저편,
흐느끼는 전율 속에서
새벽 하늘 별빛처럼
희멀겋게 부서지고 있었다

정처 없는 안개마냥
깔깔한 입덧으로 배회하다가
이제 그만 천길 아픔 속으로
그녀는
해뜻해뜻 부서져 내리고 있었다.

어떤 산술법

어떤 소설가는
소설식으로 이렇게 계산했다
선술집-(평민적 기분+구수한 냄새+땟국)=0

글믄,
선술집에서
구수한 냄새와 땟국을 빼 버리면
평민적 기분만 남는다는 얘긴가
여기서 다시
…적과 기분마저도 지워 버리면
남은 것은 오호라 평민이란 두 음절

하루 종일 검산해 보고 또 생각해 봐도
여전히 평민… 평민…
나랏님도
연산군 같은 나랏님도
이런 초보적인 셈을 할 줄 알았을까.

회상回想

시므온,
별들의 입김으로만 자란 당신,
가을만 되면 기어코
추억으로 피어나십니다

연燃의 껍질을 뚫고 나와
깨물어 마침내 부르터진
그런 아픔 같은 당신,
꿈길로도 되집어 오지 못하는 기다림 땜에
무지개처럼 줄곧 달리기만 하십니다

세월도 구름다리진 절벽을 건너 건너
혼백의 숨소리 되어
살며시 귓전에 되돌아오신 당신,
가슴 복판에서
연하디연한 노래로
문득문득 부서지십니다

가을, 겨울, 봄, 여름,
다시 가을,
지금도 저렇게

산기슭 달빛 머금어
비탈지게 울음 우는 풀벌레 소리는,
시므온,
그것은 차라리
맥박 없는 당신의
긴긴 넋두리의 흩뿌림이십니다.

행운목

아버지는
일 년 계약직 접시물에서
일한다

얄팍한 물빛에
악착같이 뿌리내려 보지만
새소리 하나 깃들지 못한다

토막 토막 잘려나가
초록 영업 실적의
성실한 잎을 내면
잘릴 때가 다가온다

정 붙일 만하면
쫓겨나는 것이 인생이고
잘려야 다음 접시로 넘어가
일할 수 있다

그나마 살아 있어
취업하는 것이
행운이다

칠 년을 기다리면 핀다는
내 집 마련 같은 꽃
그 약속을 실행하기* 위해
모두가 퇴근한 사무실에서
혼자 야근한다.

*약속을 실행한다:행운목 꽃말

수목장

장지의 사람들이
나무 밑에 그를 묻는다

자연친화적인 여관에
숙박계를 대신 적어내자
나무뿌리 끝방은
입실한 생전의 기억으로 만들어진다

죽음 예언하듯 청춘을 탕진했던
봄 무늬 생생한 벽지를 바르고
뜨거운 연애로 장판 깔고 기둥 세운다

미래에 가 닿으려는 듯
그의 처소에 꽃을 올려놓는다
죽음만이 미래를 완성하기에
산다는 것은 언제나
경계를 아슬아슬하게 걷는 일

언젠가는 가뭇없이 흙의 몸 입고
이곳으로 오지만
오늘

입실 대기 중인 사람들은
울음으로 한계를 넘어간다

구석진 방에서 흙이불 덮고 누워 있을
그를 대신해서 숙박계에
유서 쓰듯 적는다
'참 따스한 사람'

출입문 열고 나오니
가벼이 숨결 내려놓듯 낙엽은 지고
마음 다급한 바람이 곁을 맴돈다

이따금 비고란에 눈물체로 글을 쓰는
추억들이 다녀가면
썰렁했던 그의 방은 차츰 온기가 돈다.

금오도

수천 년 철썩철썩
스스로를 채찍질하며
묵언 수행한 섬은
종교다

최초의 말씀이
뻘밭의 간기 머금은 등고선 사이로
촘촘히 박혀 있어
믿는 자들은 누구나
엄숙히 허리 굽혀
우비적우비적 캐야 한다

점자책 같은 자갈밭길 더듬거리며
교리를 이해하려는 추종자들이
뭍의 소란함 뒤로하고 이곳으로 모여든다
포교는
늘 일탈을 꿈꾸는 표정들로 퍼져 나간다

꼬박꼬박 하루에 두 번
살그랑살그랑 붉어지는 물마루도
여기서는 특별한 경전이 된다

제멋대로 자라난 울음도
가벼이 잦아들 수 있다는 듯
너럭바위는
뜨겁고 차가운 발바닥을 위로 향하고
가부좌로 앉아 있다

갈바람통 전망대 앞바다에서
상괭이*들은 짐짓 설파하듯
살아서도 죽어서도 똑같다는 미소를 지으며
치솟는다

아슬아슬한 나날로 애달팠던 웅웅거림들이
뭉텅뭉텅 사라지고
섬처럼 맑아져 가는 사람들
일필휘지로 써 내려간 비렁길 그 어디쯤에서
바람이 거룩한 문서 같은 갯내음을 넘기자
갈매기들은 오래 읽어 환한 성스러움 한 구절씩 물고
해안선 따라 날아오른다.

*상괭이 : 우리나라의 토종 돌고래

여수항

굽은 등 감춘 어머니는
모든 것을 마주보며 말한다

고기잡이배 집어등의 밝음도
차갑고 드센 암초도
정박해 있는 순한 눈빛들도
휘감기는 한파도
모두 그녀의 앞에 있다

옷소매 걷어붙인 탄탄하고 억센 팔뚝으로
그녀는 언제나 정면을 응시하며
세상을 다독인다
앞면을 확장해 가는 그 뜨거운 가슴으로

어머니의 힘은 사실,
뒷면에 숨겨져 있다

비상식량이 비축된
낙타의 혹처럼
그녀의 굽은 등은 상흔의 저장고

난파된 어선의 슬픔, 어부들의 고뇌,
발 묶인 두려움의 나날들,
회한으로 출렁이는 항구,
속절없이 저무는 바다까지
모두 그녀의 뒷면에서 꿈틀거린다
그것들의 응축된 힘이
그녀를 단단히 다져간다

폭풍우 휘몰아치는
이른 새벽
용솟음치는 기도

정한수 떠놓고 험한 물결 잦아들 때까지
거친 파도 헤치며 허리 굽혀 애타하다
급격히 커지는 그녀의 간절함이
바람의 들머리 바꿔 뱃길을 연다

그제서야
사나운 풍랑 한복판에서
잔잔하고도 붉게 물들어 가는 고요가
먼 데서 생동하는 아침을 끌어올린다.

어머니

어두컴컴한 호미 자루 속에
접은 날개 깊숙이 넣어두고
한평생 흙만 품고 산다

시린 무릎처럼 뭉실하게 닳은
손잡이에 땀이 흥건해지면
밭가에 무드럭진 풀들이
시큰한 손목처럼 얼얼하다

날갯죽지 결려 일어서려는데
지난밤 끙끙 앓은 아픔이 터져나와
도로 주저앉는다

서러움 짙은 하루 털어내듯
조금씩 휘어지는 허리
등이 굽어갈수록 푸르게 몸집 키우는 밭뙈기
산비탈처럼 거친 이마가 서서히 펴진다

말린 고구마대 같은 겨울이 오려는지
하늘이 와자하다
낡은 호미 자루 갈아 끼우려고

습베* 빼내자
휘이휘이 날개 치는 소리 들려온다

산밭을 떠나
자식들의 가슴에서 살고 있는
새가 푸드덕거린다.

＊습베 : 호미 자루 속에 들어박힌 뾰족한 부분

사각기와무늬*

정읍 용장사 절터에서
기와 조각이 출토되었다

땅속에 묻힌 비바람 조금씩 털어내자
바라춤처럼 피기 시작한
사각무늬

기왓장 속으로 스민
울음소리 조심스레 떼어내니
벽 향해 앉아 있는
어깨가 울먹인다

일주문 밖에선
상엿소리 뎅뎅 낭자하고
눈보라가 휘몰아치고 있다

발끝 내디디는 하늘 향한 구리거울에
얼비치는 미소
오래 따르던 사랑이 연못에 출렁이고
소리 없이 지는 하얀 꽃의 얼굴

무너지는 숨 감싸 안고
허공 건너는 걸음
바라 소리에 속하지 못하고
휘청거린다

수천 번 아픔 퍼 올린
저 은유의 춤 문양
선문답인 듯 새겨져 있다.

*사각기와무늬 : 정읍 산내면 용장사 절터에서 출토된 기와 조각에 새겨진
　무늬

할머니의 풍등*

백발처럼 성성한 슬픔이
무겁게 밀려들면
동안거를 끝낸 밭으로 간다

울컥울컥 감자의 흰 살점들
칼끝 깊을수록 아리다
잿빛 재를 가리개 삼아
감당하지 못할 한恨 숨긴 채
가늘게 떠는 눈이 어둠 속으로 파고든다

깊은 병을 앓았던 과묵한 땅이
고르게 아픔 덮어 준다
기대고 부비다
파근파근 빠져드는 잠

입가에 붙은 허연 각질처럼
들판이 일제히 아지랑이 내뿜자
단단한 햇볕을 멀리서부터 끌고 와
가득 채우는 흙의 발자국이 따사롭다

묻힐 수 없는 날들

적막 속으로 잠기자
우우우 허공 떠도는 소리
그 서러운 날들
조금씩 밀어올려 푸른 줄기 세운다

출렁이는 감자꽃 애달피 지우며
자드락밭에서 여물어 가는 가슴들이
찬란한 내일을 어룽어룽 엮는다

울음은 웃음보다 환하다
할머니의 세월 가르는 산통이
하얗게 멍이 든 세상을 눈뜨게 한다

스적거리며 자라는 유월의 밤
사방천지 별처럼 반짝이는 풍등이
밭이랑마다 무더기무더기 떠 있다
절박했던 순간들이 짱짱해지자
할머니의 꿈알들이 토실토실하다.

*풍등 : 종이 풍선 안에다 소원을 담아 바람에 띄우는 등

월식*

이른 새벽,
정읍의 눈매가 매섭다

마지막까지 꺾여지지 않겠다며
말목장터에 모인 함성들이
조선의 땅을 울컥거리게 한다

태생부터
쓰리고 아릴수록 단단해지는 눈물이
새길을 만든다
그럴수록 달의 심장을 옥죄는 망나니들

따뜻한 밥 한 그릇 지켜주고 싶은 열망으로
푸른 목숨들이 일제히 일어서자
달의 눈동자 같은 배들평야가
사발통문으로 들끓어오른다

혈맥이 막힌 들머리는
한 많은 소리 담느라
온몸이 검게 탄다

고을마다 자지러질 듯
출렁이는 불길이 홍반처럼 돋지만
폭설 몰아쳐 험준한 산맥을 넘는
얇은 대님이 춥다

으스러진 달빛이 찢겨진 깃발 품고
몸집보다 큰 울대를 울컥울컥 삼키며
짓밟힌 숨결들을 끌어안느라
사방이 캄캄하다

올가미처럼 조이는 어둠에
질질 끌려가는 얼굴들
뒤를 두려워하지 않는 비장함이
쇠사슬 위로 쓰러져 서늘하다

수없이 밀려갔다 밀려오는 물결에
떠내려가지 않는 오랜 몸짓이
미로를 더듬고 있다

바닥까지 없애면
수직 갱도를 뚫어

차곡차곡 빛줄기를 쟁이는
작은 몸부림들이
끝 모를 뜨거움으로 팽창한다

자신의 멱살이 잡힌 절규가
침묵 건너 문을 나선다

처절하게 슬픔을 음각하며 빠져나온
아직 끝나지 않은 봉기가
동진강으로 모여들어
혁명 같은 달가루를 풀어놓느라
강물결이 희디희다.

*월식 : 달의 일부 또는 전체가 지구의 그림자에 가려서 보이지 않게 되는
  현상

한양도성

돌을 물어다
생계의 가장 밑바닥에 쌓은 성곽은
아버지의 마지막 등마루에 가깝다

까마득한 바람 몰리는 꼭대기에서
평생을 보낸 아슬아슬한 중심으로
목숨의 막바지 붙드는 성벽

주름지며 흘러내리는
손등이 기억해내는 푸른 숨결처럼
화엄의 세계에서나 다시 부를 노래처럼
감춰진 무늬를 서로 어긋매끼게 엮고 있다

자세만으로도 각이 잡힌 그 무늬는
어릴 적 등에 업혀서 들었던
별의 심장 소리

살이었던 시간들을
내려놓는 성루에
서로를 끌어당기는 떨림들이
서서히 번지고 있다.

폐차장

거침없는 질주 하나가
가파른 기억의 고삐 내려놓고
가부좌 튼다

갈 데까지 가 보자는
취기 오른 속도에
두 다리 내주고 나서야
비로소 생전의 꿈을 끌어당긴다

땅끝까지 몸 열어 준 길들을
통째로 뜯어내면
달릴수록 치기 어린 배경이
떨어진 문짝처럼 사라진다

부러진 와이퍼에 화두인 양
민들레 씨앗 내려앉자
허리에 힘을 주는
바람의 척추가 꼿꼿하다

가고 없는 것들 움켜쥔
손아귀의 힘 빼야 하는데

한 방향만 고집한 미련 많은 백미러는
금이 간 오후의 고뇌를 붙들고 있다

구름 한 점 없는데
소나기 한 줄기 후드득 쏟아진다
스스로를 경계하라고
등짝 후려친다.

우화羽化

상수리나무 위에
목관 하나 놓여 있다

시커멓게 뚫린 등가죽에서
빠져나가지 못한 온기들이 흘러나오는
매미의 빈 껍질

말랑말랑한 살이었던 슬픔이
먹먹해지는 시간은
이제 누구의 몫인지

날개를 얻은 바람의 몸이
초조한 듯 더디게
한때 흙이었던 무게를 구석구석 매만지고 있다

관 밖의 넘치던 말들이
몹시 그립고 낯익은 것에 사로잡혀
노을이 따갑다

적멸로 가는 저 뜨거운 움직임은
젖은 눈의 저녁을 따라

목 끌어안고 떨어지지 않는 소리 듣는다

허공에 새겨야 할 발자국은
이파리들의 울음소리에 목메어
자석처럼 붙어 있다

환상인 양 숨쉬던 거뭇거뭇한 손등에
묽어진 어둠이 눈물방울처럼 닿자
추운 하늘이 등을 떠민다
그만 가자고.

단풍

아궁이 하나 없는데
방고래 같은 계곡마다
불길이 잘 들어가는 건
사내 때문이다
아니
사내의 때늦은 고백 때문이다

얼핏 보면
노총각인지 아저씨인지
도무지 알 수 없는 더벅머리 사내는
산등성이에 사는 처녀에게 편지를 쓰느라
가을이 저리 깊다

나무 밑동 같은 연필에 침 묻혀
들뜬 몸을 전하느라
산자락의 아랫도리가 뜨겁다

진득한 순박함으로
볼 붉히는 이파리들이
급기야 산맥을 깨우더니

미미한 파문 일으켜
웬만해선
바람소리에 귀기울이지 않는
처녀의 가슴에 불씨를 심는다

가지마다 파르르 떠는
처녀의 손끝
그 여린 떨림 하나라도
빼놓지 않고 받아 적으려는
나무 줄기의 팔뚝이 울뚝불뚝거린다

답장 같은 처녀의 숨소리를
몰래 듣던 산그림자가
수줍어 고개를 떨군다

늦깎이 열애에 열 올리는 사내,
잎사귀마다 와글와글
붉게 바람나는 바람에
여태 잠들지 못하고 있다.

을숙도

북서풍의 노랫가락
도처에 무성하게 흘러들면
술청도 없이
주막은 분주하다

팔백 리 걸어 걸어
실어온 모래로
터 다진 주막집

계절의 절반을
나그네랑 살지만
가벼운 보따리 한번 싸지 않는다

기다림이 반가운 철새들이
배고프지 않게 숟가락 닮은 갈대
성큼 쥐어 주며 산다

발 빠른 안부는
바람에 베이는 일 없어
툇마루에 올라앉아
노을 끝어당겨 참방거린다

누군가를 맞이하는 일은
지문 닳도록 아픈 속내 끌어안는 일이라서
서릿발 같은 제 속 비우며
갯벌은 넓고 평평한 가슴 열어젖힌다

여기까지 오는 길이
서로의 심장 맞댄
강과 바다를 눈물겹게 새기는 것

모래섬마다 울컥 뜨거워지며
밤이 밀려든다

매운 날갯짓 내려놓는
겨울 숨결들이
곁으로 모여들자

아랫목 같은 갈대숲에 누워
온몸 녹아드는 달빛 덮어 준다.

부둣가 노점상

도로의 해수면까지 올라 와야
비로소
숨쉴 수 있는 활어 한 마리

숨구멍 같은 좌판이 열리면
곁눈질로 힐끔 쳐다보며
물풀들이 걷는다

어쩌다
일제히 창던지기하는 가압류 딱지
그 작살에 맞아 상처는 덧나고

빙하기 같은 풍경을
빠져나오려는 듯
야윈 지느러미가 허공 휘젓는다

따스한 곳 향해 물보라 일으키는
젖먹이 천리향 키우고 싶어
충혈된 눈으로 해협을 달리지만
돌아오기 힘든 저주파들

사는 일은
격랑 멈출 때까지 숨죽이는 게 아니라
수평선으로 올라와
질펀한 아픔을 내뿜는 것

깊은 바다는
빛 잃은 심장들의 정류장이어서
천근의 수압 견디며 잠든 어린 물고기,
끊길 듯 깜박거리는 멀고 먼 꽃향기 끌어당겨
골방에 허열처럼 드러누운 가슴께까지
덮어 준다

쓸쓸함이 일몰처럼 묽어져
저녁은 서둘러 안부 거둬들이지만
빠진 이빨 사이로 쉽사리 어둠은 젖고

오래된 바닷길 한 봉지씩 건네며
캄캄하게 녹슨 유영遊泳
조금씩 뜯어낸다.

전단지

여자는
음식점 전단지를 집집마다 뿌린다
친절하고 정중한 각도의
고딕체 문구들이 손님을 모신다

수없이 이력서 들고
현기증 타고 오른 계단,
그 끝에서 신장개업을 알린다

한 번도 그 식당의 요리를
맛본 적 없는 녹색 테이프가
혀를 꿰뚫는 미각을
종잇장에 꽂아 집집마다 들른다

당신도 왕이 될 수 있다며
메뉴판에 적힌 지름길을 안내하고
365일 공주처럼 더 좋은 서비스를
받을 수 있다고
배꼽에 두 손 모은다

여자가 축하 화분처럼 활짝 웃는
화려함 한 장을 동네 이마에 붙이자

서먹서먹한 4인 가족의 행복이
싱싱하게 되살아나고
길을 걷는 남녀가 어질어질한 단맛에 취해
쓰디쓴 기억도 잊은 채 팔짱 끼고
맥이 풀린 일상이 번쩍 고개를 든다

흥이 차오른 저 강력한 접착력은
마을의 뱃속에 들러붙어
군침을 흘리게 한다

엄마의 손맛으로 코팅해
모든 입에 맞다는,
여자의 허기가 도사린 밥상에도
안성맞춤일 것 같은
저 음식

까탈스런 입맛도 사로잡아
배부르게 할 수 있다는 홍보물이
골목의 빈 장기臟器를 채운다

여자가
생의 어느 좌표 같은 철문에 손을 대자
전단지가 찰싹 들러붙는다.

말뚝

바다를 밧줄로 휘감고
조여오는 비바람에
투두둑 끊어질 듯 차가워진
아버지의 한숨

나이테로 고여들며
물기 많은 자국으로
번진다

부르르 떠는 줄 잡아당기자
어린 자식들이 주르룩 딸려 나와
졸음과 짜증에 절은 뱃속도 잊은 채
갯내음 터뜨린다

하얀 칼끝 밀어 넣는
풍랑에 쫓길수록 일어서는 뱃노래
재갈 같은 생과 맞선다

한자리에 붙박혀
짠내 나는 맷집 키운 후
타오르지 못한 물길 조금씩 연다

뒤집어엎겠다는 듯
앞발 치켜든 파도 소리
똬리 틀어도
등에 힘을 주며
만선의 저녁을 둘러멘다

팽팽하게 외줄 친
수평선 끝에서 노을이 풀리자
어스름처럼 한평생 속이 다 타 버린
빈몸 하나 둥글게 깊어진다

개펄에 스스로를 묶어
기꺼이 검게 박힌 기둥
비릿한 달빛의 여린 부리
닦아 주고 있다.

슬픔이 아문 자리

세상이 다 나를 외면했을 때
계절도 낙엽도 서리도 다
내게 등 돌렸을 때
내 가슴엔
슬픔의 진물이 흘러흘러
상처 깊은 냇물 하나 생겨났지요
구부러진 길가에는
고통의 가시꽃들이 피어났고요
어둠 깔린 대지 위엔
엎드린 신음소리
아무도 알 수 없게 비어 있는
그 비밀한 자리에
아무도 모르게 메꿔져야 할
바로
그 슬픔이 아문 자리에.

당신만은

내 모든 것을 포기한다 해도
설령 당신이 돌비석에
이별의 글씨를 남기고 떠난다 해도
이것 하나만은 상기해야 해요
내 가슴에 새겨진 당신만은 안 된다는 것을
여기에 스며 사랑으로 깊게 숨쉬고 있는
당신만은 안 된다는 것을
내 삶이 비록 보잘 것 없다 해도
설령 당신이
나를 까맣게 잊는다 해도
이것 하나만은 명심해야 해요
내 영혼의 푯대가 되어 버린
당신만은 안 된다는 것을,
똘똘 기도의 보자기에 싸여
이미 내 살과 피가 되어 버린
당신만은 결코 안 된다는 것을,
어느 누구도
내 품에서 결단코 빼앗아갈 수 없다는 것을,
당신만은 영영.

2

케노시스

당신을 확실히 얻기 위해
- 케노시스 · 9

당신과의 이별을 슬퍼하지 아니합니다
당신과의 이별은
당신과 저의 새로운 영합을 위해서이기 때문입니다

당신과의 이별 후
당신의 이름이 제 생명에 조각되기까지
수많은 밤을 지새워야 하고,
당신의 형상이 제 영혼에 새겨지기까지
수많은 입덧을 해야 할 줄도 압니다
그러나,
당신과의 이별을 아쉬워하지 아니합니다

이제야 압니다,
당신의 그날
당신의 되오심으로 저의 옛 비늘이 벗겨지고…
오, 당신의 그날
산모의 기쁨처럼 저의 새 삶이 해산되고…

당신을 확실히 얻기 위해
이렇게 당신을 떠나보냅니다
이것이 우리의 유익이 됨을 믿습니다
이것이 당신과 저의 영원한 만남을 위해서임을 믿습니다.

당신의 방
- 케노시스 · 29

홀로
당신의 창문을 열어젖히면
발가벗은 영혼을 만나게 되요

순간,
몰려오는 당신의 향기,
에워싸며 쓰다듬는 당신의 체취

그렇군요
당신의 창틀에
나의 기도가 끼워 있고,
그렇군요
당신의 테두리에
나의 인생이 갇혀 있군요

오늘, 살펴본
당신의 방은
그렇군요
나의 영혼의 영원한 자취방이군요.

하늘과 산바람
- 케노시스 · 42

당신은 하늘,
나는 산바람

봄 한때
사랑을 움틔우는
밑거름으로도 살다가

여름 내내
비바람에 발효되어
당신의 숨결로 살다가

가을 되자
첫사랑을 들쳐업고
파아란 발걸음으로
산기슭을 걸어 올라가는

나는 산바람,
몸뚱이뿐인 산바람

당신은
눈, 입, 코, 귀가 달린
하늘.

얼마나 좋겠어요

이렇게 비가 주룩주룩 오는 날
저 그리움 끝까지
당신과 걸어갈 수 있다면
얼마나 좋겠어요

이렇게 가슴이 미어지게 부푼 날
저 들판 끝까지
당신과 함께 달려갈 수 있다면
얼마나 좋겠어요

이렇게 온몸이 은혜롭게 들뜬 날
저 계절 끝까지
당신과 함께 뒹굴어 내려갈 수 있다면
얼마나 좋겠어요

이렇게 영혼이 청아하게 펄럭이는 날
저 하늘 끝까지
당신과 함께 두둥실 올라갈 수 있다면
얼마나 좋겠어요.

진실
– 거시기 · 5

곧이곧대로 한 발
다가서고 싶은
비밀스런 충동 그 언저리

외면하고 살까
몇 번
맘 먹다가도 와락 껴안고 마는
양심의 가책 같은 새김질통

어찌할까
골백번
망설이다가 끝내 내주고 마는
참회의 눈물 어린 쇠구들 아랫목.

빈 종이
− 길트기 · 2

나는
당신의 하얀 종이 한 장
구겨지지 않기를
아프게 소망하여 애타게 기도하며
어느 역에서나 아낌없이 내릴 채비를 하며
청정한 몸으로 절절히 시를 써요
휘청이는 목숨을 훈훈히 부추기며
당신의 붓글씨 받으러
예까지 총총 걸어왔어요

나는 당신만의 얇은 종이 한 장
때가 묻지 않기를
향긋이 소원하며 살포시 빌어 보며
어느 때에라도 기쁨 담아드릴 채비를 하며
청아한 맘으로 당신을 기다려요
눈물겨운 가슴을 소중히 간직하며
당신의 사랑을 받으러
예까지 급히 달려왔어요

나는
당신의 종이
부끄럼 타는 한 장의 빈 종이.

사랑과 홍역

나이가 들어서
걸리면 걸릴수록
그 아픔의 강도가
그만큼 크고,
나아지는 정도가
더디면 더딜수록
그 아픔의 과정이
그만큼 거칠고,
아무는 세월이
길면 길수록
그 상처의 심도가
그만큼 깊고.

사랑과 문학

조화로움입니다
이질적인 것들의 조화로움입니다
서로 낯선 것들의 조화로운 만남입니다

새로움입니다
낡은 것이 새 것으로 변신합니다
일반적인 것이 개성적인 것으로 탈바꿈합니다

섬세함입니다
정서의 미묘한 곳까지 비춰줍니다
복잡미묘한 감정의 긴 탐험을 기꺼이 떠납니다

구체적입니다
추상적인 것이 가시화되어 눈앞에 나타납니다
막연한 것이 선명한 윤곽을 보여줍니다

은근한 맛이 있습니다
직설적이지 아니하고 에둘러 표현됩니다
그럼에도 더욱 강도 높은 호소력을 갖습니다.

사랑과 정신

형체 없이도 존재합니다
고귀한 것과 저속한 것이 있습니다
행동에 크나큰 영향력을 줍니다
가치와 행복에 관심이 지대합니다
높은 세계에로 눈길을 두고 삽니다
행복의 의미를 누구보다도 잘 압니다
고요한 시간을 좋아합니다
한몸처럼 친근합니다.

사랑과 마음

눈을 가지고 있습니다
가릴 수도 없고 속일 수도 없는
해맑은 눈을 가지고 있습니다
조각도 아니고 부분도 아니고
그저 전체로서 살아갑니다
눈금으로도 미터자로도 잴 수 없는
커다란 대양을 가지고 있습니다
폭군으로도 폭풍우로도 흐트릴 수 없는
거대한 질서감각을 가지고 있습니다
그릇으로 남아 있습니다
무엇이든 담을 수 있는
빈 그릇으로 남아 있습니다
신비롭고도 정 깊은 그릇입니다.

사랑과 영혼

만질 수 없습니다
가치를 인정할 때 비로소
그 모습을 드러냅니다
육체 안에서 살아갑니다
때때로 외출하기를 즐깁니다
그때는 헌신적 태도의 신을 신습니다
매일 목욕을 합니다
진리의 알몸을 신뢰합니다
역경을 통해 성장합니다
성숙할수록 더욱 빛납니다.

살아 있는 기쁨

당신은 오랜만에 찾아와 주셨습니다
이미 안개 속에 묻혀 죽어 있을
버려진 저에게 당신은 성큼 찾아와 주셨습니다

당신의 이름은 잊었지만
당신의 사랑을 못내 못 잊어하는
제 가슴을 이토록 기쁘게 해주셨습니다

한 번도 열지 않고 닫아둔 제 마음을
당신은 드디어 열어 웃게 하셨습니다
당신과 제가 기어코 하나가 되게 하셨습니다

당신은 기쁨이십니다
저의 수치 묻은 깊은 상처를 아물려 주는
살아 있는 기쁨이십니다

당신으로 인해 저는 만족합니다
당신은 저로 하여금
최후로 웃는 자가 되게 하셨습니다
이로써 저는 당신의 아주 작은 열매가 되었습니다.

걸어 걸어 찾아온 성지

수백 리를 걸어 걸어 찾아온 성지,
알고 보니 그대 품안이었습니다
멀리서 떠오르는 태양이
휘파람 소리로 쓰다듬습니다
자갈길을 걸어 걸어
애써 도착한 성지,
그러나 그곳엔 회오리바람이 살고 있었습니다
환상의 선인장까지 살고 있었습니다
애달픈 계단을 만들어 놓고 올라가
뜨거운 기도를 올립니다
피리 소리 따라
순례 여행의 끝에서 춤을 춥니다
앞에는 불바람과 절벽이 가로막아 섭니다
연기는 쉴 새 없이 주문을 외워댑니다
탄탄한 다리가 신의 소리를
마구잡이로 실어 나릅니다
밤새 춤을 추며 눈부시게
축제의 밤을 맞이합니다
성스런 피를 뿌리며
신의 나라를 형형색색으로 물들입니다
뛰고 뛰는 사이에

영혼의 고향이 불쑥 다가섭니다
수백 리를 걸어 걸어 찾아온 성지,
이제 보니 그대 사랑이었습니다.

향수

고샅 모퉁이에 두름 엮듯
내리쏘는 칼바람 엮어
오래도록 참으로 오래도록
가슴깃 속에다만 키워 온
팽만한 응어리 실타래
물동이 속 하늘에다 풀어 담고
새벽길을 걸어간다
갸름한 흙내음 따라
어기적어기적 논두렁에 내려서자
집히지 않는 아픔의 무게가 물씬
고무신 가득 고인 울음을 휘젓는다

잡풀 무성한 칡꽃 울타리만큼
넉넉한 울음으로 울음타래를 풀어 울음 우는
무덤가 남편의 이슬밭이여
탱자나무 가시같이 차운 바람이
카랑카랑 흘리고 간 긴긴 추스름 끝
한 사발의 소주 따라 놓고 쓰러지며 울고
달빛 몇 자락 휘영청 치마폭으로 감싸 안으며 뒹굴어 울고

어둠 가득 혈관을 타고 흐르는
서릿철 바람 소리들
한 필 두 필 뒷걸음치는 새김질로
한恨을 누벼 간다.

갇힘의 비밀

당신 안에 갇혀 있으면
나갈 길도 없고
하늘도 별도 안 보여도
나는 좋아요

오히려 당신은
매일 매일을 실어 나르는
나의 손님

어둠에 둘둘 갇혀도
오오,
당신과 함께 갇힌다면

세상 바람 세상 걱정으로부터
벗어나 좋고,
쓸데없는 노력 쓸데없는 시간으로부터
벗어나 좋아요
언제나 이대로
당신 안에 갇혀 있고 싶어요.

당신의 뜻

당신께서
우리의 마음을 치시는 뜻은
오, 그것은
어리석음을 깨닫고
우리가 당신께로 돌아가도록
하게 하기 위함입니다
고통 중에 당신께 부르짖고
찾고 찾아 헤매는 자에게
포근한 포옹을 선물하기 위함입니다
그날에
당신의 땅 중앙에
당신을 위한 동산을 두어
모두 다 소망의 싹을 키우도록
하게 하기 위함입니다.

지하철의 차창을 보며

점점 뚜렷이 다가오는 유령들의 행렬
무표정하게 짜 늘인 얼굴과 눈빛
그리고 검푸른 숲 위에 떠 있는 망각의 혼들
모두 묵묵히 서서 스쳐지나가고 있다
그들은 다시 돌이킬 수 없는 수렁길을
어깨와 가슴으로 밀치며 불만의 살갗으로 부벼싸며
미지의 강을 따라 자꾸만 치달려가고 있다
사내들은 지난 전쟁을 떠올리며
아낙네들은 부끄러운 시간들을 능숙하게 씻어내며
더러는 마주앉고 더러는 등 돌리고 서서
침묵의 더미를 쌓고 또 쌓고 있다
이따금씩 밋밋한 벽들은
써걱거리는 신음소리, 서투른 한숨소리를 모아
허기진 메아리를 빚어내고 있다
차창의 불빛마저도 가슴을 풀어젖힌 채
아직 채 익지도 않은 삶의 빛살을 흩뿌리며
어디론지 서럽게 떠밀려 가고 있다.

길트기 · 1

난폭한 겨울 저녁
어느 누구 할 것 없이
능욕당했네
비속한 언어에 의해
살갗이 찢기고
눈이 먼 남녀에 의해
가슴이 헤쳐졌네
휴지로 나뒹구는 건
빛바랜 무관심뿐
우리에게 그 무슨
호기심이라도 남아 있겠는가
양심도 메말라
얼굴 붉힐 줄 모르는
난폭한 겨울 저녁
고동치는 시간에
우리는 능욕당했네
단숨에, 아무 저항도 못해 보고
어느 누구 할 것 없이
슬프도록 능욕당했네.

길트기 · 2

긴 머리카락 잡아당기며
아프게 아프게
내 두 손이 뭐라 중얼거리는 줄 아세요

당신은요, 사랑할 줄도 모르면서
맨날 바쁘게 뛰어가고만 있다고요
거꾸로 걷는 줄도 모르면서
휘파람 불며 활개치며 내려가고만 있다고요

피아노 건반 위로 팔짝 뛰어오르며
애끈히 애끈히
내 두 손이 뭐라 쫑알거리는 줄 아세요

당신은요, 사랑할 줄도 모르면서
맨날 미끄러지듯 스쳐가고만 있다고요
내 앞길도 내 마음도 헤아릴 줄도 모르면서
목청 높이 기세 좋게 괴성만 지르고 있다고요

이별의 길목에서

그대 얼굴을 읽고 나서
나는 진한 목마름을 느꼈네

어두운 미소에
한 잎 한 잎 쌓이는
그대의 아픔

떨리는 입맞춤에
한 올 한 올 흐느끼는
그대의 숨결

말없이 천천히
한 발 한 발 멀어지는
그대의 손길

그대 떠나는 모습을 읽고 나서
나는 비로소 늦가을의 외침을 들었네.

맡김의 노래

구름이 나이를 먹고 자라나
어느새 어른이 되었을 때
높은 습도로 감싸 안은
희망과 꿈과 이상을
계산해 보았습니다

한 닢 두 닢 세 닢
한 푼 두 푼 세 푼
한 냥 두 냥 세 냥

세월 속에서 터득한
산수를 복습하며
뜬눈으로 계산해 보았습니다
바람과 함께 계산해 보았습니다

그러나 어찌된 셈일까
결산 내역은
그저 무일푼일 뿐,
이게 도대체 어찌된 걸까

구름은 나이만큼 많이 근심 걱정하다가

우울하게 웅크리고 있다가
마침내 눈물비로 떨어지게 되었습니다

남은 건
당신의 대지 위에
흩뿌려진 눈물비일 뿐
당신께 맡겨진 노래일 뿐

모처럼 구름은
에누리 없는 계산을 끝마치고
어린애같이
당신께 맡겨둔 노래를 되찾아 부르며
오래오래 살았습니다.

사실은

야생마처럼 뛰어다니면서 키 작은 나는
많은 고생을 하게 되었고
많은 어려움을 알게 되었고
많은 슬픔을 얻게 되었지요

그런 가운데 너울너울 세월은 흘러
나의 크고 작은 창문들은 부서졌고
나의 무늬 고운 정감들은 녹슬었고
나의 동그레한 기쁨들은 으스러졌지요

해는 저물어 백발 곁에 놀빛이 어른거릴 때
흰 고깔 쓴 시간들도 한자리에 모이고
긴 장삼 걸친 대화들도 한자리에 모여
소감다운 소감을 발표하기 시작했지요

북소리처럼 터져나온 최종 결론이라는 건,
오동통한 이성들이 내뱉은 한마디라는 건,
거의 대부분은
실제로 일어나지 않은 것들이라는 것이었지요.

나는 매일 밤 바람과 함께 사라진다

백합 향기 방안에 일렁이면
가장 나이 많은 감정이 잠을 깬다
가꾸지 않아 더부룩한 머리를 하고
설잠 잔 눈빛으로 어정쩡 서서
빛바랜 인생관을 늘어놓는다
숙명이라서 이대로 걸어온 게지
바보라서 이대로 걸어온 게지
나이는 나이대로 늙어가면서
아쉬움은 아쉬움대로 남겨가면서
한 가지도 감격하지 아니하면서
덮으면서 감추면서 살아온 게지
자신을 학대한 죄 크고 커서
묻는 말에 그저 눈물바람만 하고서
엎디어 엉덩이로 울고 울던 나날
소설이 사무치게 읽고 싶을 때면
가장 나이 어린 감정이 선창을 한다
나는 매일 밤 바람과 함께 사라진다
가장 나이 많은 감정도 따라 외친다
나도 매일 밤 바람과 함께 사라진다.

당신 · 1

하얗게 이른 새벽 꼭두부터
향수병 뚜껑을 열어 놓았어요
날아갈 건 어서 날아가라고
흩어질 건 어서 흩어지라고

이상하게도 향수는
천장까지 천천히 올라가
잠시 잠을 자면서 쉬다가
해름참께 다시 돌아왔어요

병 속으로 들어간
향수는 한나절 내내
그리움의 시만 읊다가
심한 복통을 일으켰어요

뱉어내는 건 모조리
시보다 더 지독히
사랑했고 사랑한다
그 말뿐, 오늘도 그 말뿐.

당신 · 2

할머니가 걸어와요
세월의 발끝만 내려다보며
천천히 걸어와요
옆도 보지 않고
그냥 지나쳐 가요

두 손은 뒤로 한 채
90도 가까이 허리 구부린 채
지나가고 있어요

손에 든 비닐봉지에는
아기소나무 한 그루,
잘 익은 복숭아 두 개,
막 피려는 백합 한 송이
들어 있군요

서서히 골목 안으로 사라져 가는
할머니의 뒷모습에서 당신을 읽어요
당신의 향기도 읽어요
당신의 눈물도 읽어요
꿈에도 그리던 당신의 사랑도 읽어요.

당신 · 4

강아지가 졸랑졸랑 따라와
부엌으로 들어왔어요
아무리 나가라고 으름장을 놓아도
끄덕조차 하지 않네요

차마 발로 차거나
때릴 수는 없었어요
왜냐하면 당신의 애칭을 녀석에게
이름 붙여 놓았거든요

어디든 졸졸 따라다니는
당신의 흔적
녀석이 가는 곳마다
당신의 향이 묻어나요
녀석이 칭얼댈 때마다
당신의 손길이 그리워요

어쩜 좋아요
집안 구석구석
촐랑촐랑 붙어 다니는
추억 같은 녀석을 어쩜 좋아요.

당신 · 22

수많은 방황길 돌아
끝내는
제자리로 돌아가기

과거를 붙든 채
아무리 불러 봐도
보이지 않은 당신

이제야 버립니다
옛것도 버리고 갑니다
회상의 골목도 버리고 갑니다
감싸 안고 통곡하던
추억도 버리고 갑니다

사랑과 아름다움이
눈앞에 선율처럼 펼쳐지고 있습니다

덩달아
당신의 온몸에
꿈을 접붙이기 시작했습니다.

당신 · 49

길게 원하지 않아요
단 일 년만 아니 단 한 달만이라도
하나되어 살고 싶어요
마음 주며 생각 나누며
기쁨 매만지며 살고 싶어요

원하는 거 없어요
호화로운 삶도 관심 없고
높아지는 명예도 관심 밖이에요

오로지 함께 하는 삶
그대와 단둘이서
눈물 거두고 한숨 말아
평안한 기분 깔고 사는 삶
그것만을 원해요

찾아 줘요
언덕에 자그만 별장 짓고
황토방 안에서 시를 쓰며
한평생 기다리며 살아가는
이 초라한 낭만 거둬 줘요

비록 마를 대로 말라 초라하지만
비록 찌들대로 찌들어 볼품없지만
태곳적 순수 그대로 보존된 이 사랑
받아 줘요

혹시 이곳을 지나거든.

당신 · 51

먼 훗날
아주 먼 먼 훗날

절벽 위에 초가집 짓고
홀로 살고 있을 때
아주 평온한 얼굴로 찾아주는
사랑, 그게 당신이었으면 좋겠어요

그때는
밀물의 바닷바람
살살 얼굴에 문지르며
보드라운 얘기 나눌 수 있겠죠

전혀 마음의 파동에
휩쓸리지 않고 고요히
지난 그림들을 아름답게
되새길 수 있겠죠

먼 훗날
아주 먼 먼 훗날.

당신 · 65

연둣빛 레몬향의 뚜껑을
열어젖히자, 순식간에
신비로운 일이 벌어졌어요

여태 한 번도 보지 못한
고백들이 춤을 췄어요
빙글빙글 돌면서 현란한 춤을 췄어요

사랑이란 벽이 없어
사랑이란 갇히지 않아
사랑이란 꿈틀거림이야
사랑이란 열정적 리듬이야
사랑이란 환상적 느낌이야

조화로운 선율 따라
번쩍거리는 춤을 췄어요

자정 무렵 다시 뚜껑을 닫는 순간
당신이 빚어놓은
우주의 빛도 동시에 꺼져 버렸어요.

당신 · 66

내 그리움 서랍 안에는
노트 한 권, 시집 한 권,
안경 하나, 사진 한 장
정갈히 놓여 있습니다

아무도 손대지 않아
아직까지 순결한 설렘이
잘 보존되고 있습니다

한 가지 이해할 수 없는 건
지난밤 꿈속에서
당신을 만나 말다툼을 한 뒤
그것들의 놓인 위치가
달라졌다는 점입니다

시집 위에는 사진이
노트 위에는 안경이
내 가슴 위에는 절망이
각각 희멀겋게 놓여 있더군요.

어떤 정경

혼자 도는 선풍기를
강가에 버렸어요
며칠 후 가 봤더니
여전히 돌고 있더군요
전기 코드도 없는데
혼자 돌고 있었어요
자세히 보니
풀꽃들의 은빛 향기,
풀벌레들의 곡예 합창,
강바람의 키 낮은 속삭임,
연인들이 남기고 간
촉촉이 젖은 아쉬움,
온갖 그리움들이
색칠해 놓은 추억의 숨결
이들이 앞다투어
외로운 선풍기를
돌리고 있더군요.

당신의 사랑 앞에서

이상합니다
아침 햇살이 저렇게도 눈부신데
가슴이 이다지도 설레는데
당신의 사랑 앞에서
나는 왜 이렇게
외로워집니까

너무도 그 사랑의 무게가
내게 무거워서일 겁니다
너무나 그 앞에서
내 자신이 초라해서일 겁니다

이상합니다
맥박이 이토록 뜀박질하는데
숨결이 이토록 거칠어지는데
나는 왜
당신의 사랑 앞에서
더욱더 쓸쓸해져야 합니까.

둥지 높은 그리움 · 2

추위가 가난처럼 불편하지만
그 불편이 우릴 깨어 있게 하듯이

겨울에 서슬져 있는 그리움이
이 한밤 나를 깨어 있게 합니다

이 자잘한 감정들을 어이합니까?
몸을 차게 하는 대신 생각을 맑히우는
이 싸늘한 시간들을 어이합니까?

둥지 높은 그리움 · 4

신으로서
할 말이 있습니까?

한 번이라도
단 한 번만이라도
운명의 짐으로 몸부림치는
우리의 눈물을 씻어준 일 있습니까?

손수건이
없어서입니까?
게을러서입니까?
왜?

3

사랑의 힘

사랑의 힘

와서 보세요
당신의 꿈이
얼마나 멋졌는지를

확인해 보세요
당신의 세월이
얼마나 덜컹거렸는지를

연약한 새순이 돋아
햇발 아래 곱고
이슬조차 기분 좋아
추억 위로 구르고
마침 한가로운 때

살펴 보세요
당신의 인내가
얼마나 아름다웠는지를

점검해 보세요
당신의 발걸음이
얼마나 의미 깊었는지를

다 함께
알아 보세요
두 손을 이끌어 준
당신의 친절이
얼마나 찬란했는지를.

빈자리

여기
바람 자국으로
남아
잉잉
울고 있다

누구의
자리인가

수만 평
퍼져가는
불면의 밤,

일어나
헛소리로
잉잉
울고 있다

그대의 뜨락은
밤새
꾸벅꾸벅
졸고 있고…….

대화

이상합니다
피부가 입을 열고
솜털이 말을 합니다
온몸이 느낌으로
대화를 나눕니다

당신입니까

한 모금의 술로도
곁에 다가와
언제나처럼 감싸주는
따스함

당신입니까

이대로
잠들고 싶습니다
꿈길에서 만난
안타까운 시간을 껴안고
그만 쉬고 싶습니다.

나와 당신과 봄

하늘이
열리고
땅이
웃고
그래서
나와 당신이
살아 있고
살아 있음에
눈물겹고
눈물 아래
꽃이 피어나니
오호 봄이로구나.

당신의 하늘

당신의 하늘은
순수해서 좋습니다
커다란데도 그림자가 없고
비워 있는데도 파란 만족이 살고 있고
깊은데도 맑은 의미가 있는 동산
어찌 그리 순수합니까

당신의 하늘은
넓어서 좋습니다
손만 저으면 닿을 수 있어 친근하고
때로 커다란 무지개가 있어 멋있고
날마다 찬란한 노을빛으로 화장하는 동산
어찌 그리 넓습니까

당신의 하늘은
풍성해서 좋습니다
할 말씀은 비로
쓴 시는 눈雪으로
꾼 꿈은 바람으로
채우고 가꾸는 동산
어찌 그리 풍성합니까.

바닥의 힘

산길 걷는데
길 한가운데 피어난 질경이꽃이
유달리 예쁘다
발길이 잦은 곳이라
잎사귀 같은 온몸이
발길에 채여 멍들고 아팠을 텐데도,
꽃은 아픈 내색 없이 활짝 피어 있다
독 오른 뱀처럼
대가리 꼿꼿이 치켜든 신발이 다가오면
질경이의 심장은 오그라든다
뒷목이 뻣뻣해진 잎사귀 짓밟아 뭉갤 때마다,
질경이는 두 눈을 질끈 감는다
활짝 핀 아픔을 제 꽃빛에 숨긴 채
질경이는 꽃을 피우고 있다
바닥에 기대어
아파하면서 울면서 용기 내면서,
다시 일어설 힘을 키운다
어느 날 문득
바닥으로 내팽개쳐졌다고 생각했는데,
뒤돌아보니
웅크리며 떨고 있던 나를

바닥은 감싸 주며 품어 준 것처럼
뜨거운 바닥이 피워낸 질경이꽃으로
길은 온통 환하다
사랑이 꽃피어나듯
바닥에서 시작된 초여름이
오늘따라 유달리 출렁거린다.

개나리길

길게 끝도 없이 늘어진
노란 고백서

그 속으로 들어가
쓸쓸히 거닌다

하나같이 겸허히
허리와 고개 늘어뜨려

위로의 눈빛 보내 주는
저 속삭임들

왔던 길을 다시 가고
또 오기를 몇 번

추억이 아무리 밀려와도
좀처럼 발걸음 멈추지 않는다

간혹 산기슭까지 뻗어간
웅얼거림들 역시 노랗다

눈길로만 비탈까지
거슬러 올라갔다 내려온다

갑자기 내리기 시작한 비
우산도 없이 걷는다

젖은 옷이어도 괜찮다
아무려면 어떤가

결국 혼자일 수밖에 없는
노년의 여백

오늘도 부풀대로 부푼
노란 그리움 촉촉이 적시며

세상에서 가장 초췌한 한숨
툭툭 털어내며 간다.

다림질

꽃무늬 셔츠에 물을 뿌린다
옷장에서 오래 묵힌 탓에 꽃들은 목이 칼칼했는지 순식간
에 물을 빨아들인다
소맷부리와 어깨 쪽에 각을 잡은 후 다림질한다
소매에 칼주름 잡기 위해 조심스럽게 꾹꾹 눌러 다린다

이중으로 주름이 잡혀 있다
이중 주름은 두 개의 고집이 한 치의 양보도 할 수 없다는
듯 날을 세우고 있다
저 두 개의 고집처럼 날 선 그날의 기억이 떠오른다
소매의 이중 주름 위로 물을 흠뻑 뿌린다
추억 속에 들어올렸던 가운뎃손가락처럼 뻣뻣한 주름이 물
에 젖는다
그날의 날 선 고집을 내려놓은 듯 물기 머금고 있다

꽃무늬 셔츠를 다린다
감정의 허세에 빠져 허우적거렸던 지난날을 다린다
꼬깃꼬깃 구김 많은 마음을 다린다
다린다는 건 구겨진 기억을 펴서 새로운 길을 찾아가는 것
소매 끝에서 주름지며 이울어 가는 꽃잎이 다시 화사하게
피어난다

비 내림 끝의 눅눅한 한낮을 다림질한다
오후의 열기가 점점 뜨거워지고 있다
텔레비전에서 쏟아지는 댄스풍의 노래로 다리고 있는지,
창밖의 하늘은 발랄하게 반질반질하다.

수건

수건은 온몸이 귀다
작고 동그란 올이 귀모양 같다
저 수만의 귀가 물소리에 붙어산다
어두컴컴한 청력의 한밤중에도
수건은 철썩이는 물의 꽃에 눈을 뜬다

온몸으로 물의 악보를 쓰는 날
새벽을 철썩이는 물의 후음이
풍경 속으로 뛰어든다
그때 어둠의 수압으로 봉인된 아침이
깨어난다

수건을 각 잡아 개는 것으로 하루를 연다
수건의 어긋난 각들이
둥근 물방울체 문장을 온전히 읽지 못할까 봐
반듯하게 각을 잡는다
한 번 읽은 물의 일대기는
다시 읽을 수 없기에
수건에 물기 스며들기 전에
각이 잡힌 반듯한 태도가 필요하다
수건은 칼각의 준비된 자세로 바구니에 놓여졌다

멀고 가까운 물의 말들을 가슴으로 받아준 수건은
그 어떤 울음 섞인 사연도
서러움 짙은 하루도 다 품어 준다
수만의 귀를 가진 수건은
닦아 주고 또 닦아 주는 방식으로 경청했다
몸을 닦고 발까지 닦은 후에는
바구니에 던져지는 방식으로
마지막 경청을 마무리 한다
그때 바람은 개운하다고 말한다

수건은 귀를 열어
둥근 입술에 에워싸인 말의 빈집들이
환하게 불을 켤 수 있도록 도와준다
상대의 입술이 길게 넓은 말들을
팔랑팔랑 말의 체온이 올라가
자유롭게 웃고 떠들 수 있도록 멍석을 깔아 준다

엉덩이에 눌린 뒷면의 수다가
한 바가지의 따뜻한 물에 긴장을 푼다
손끝은 야무져 복숭아뼈에 붙어 있는
말의 속살 같은 하얀 살비듬까지도 귀기울인다

마당으로 나갔더니
빨랫줄에는 수건이
수만의 귀로 바람을 입고 있다
야무진 손끝 같은 햇살이
수건의 등을 쓱쓱 밀어 줬는지
뽀송뽀송하다
아침 저녁으로 물의 말을 과식한 수건이
이제는 제 안의 속엣말을 다 꺼내 놓았는지
개운해 한다

때론 수건은
추스르기 힘든 분노처럼 구겨져 있다
그때는 수건 끝을 팽팽하게 잡아당긴 후 갠다
수건의 등을 밀어 줬던
야무진 햇살의 손자국들도 반듯하게 개어
선반에 차곡차곡 쌓아올린다
그제서야 경청하는 자세로 수건들이
일제히 귀를 열어놓는다.

욕망

어쩔 수 없는
나의 분출구

용암처럼
솟구치기 전에

흐를 수 있는
골짜기 찾아 나서요

산자락의
솔바람에도
몸부림치는 건

계절 때문이
아니죠

오로지
내 가슴에서 들끓는
그놈의
운명 같은
분출구 때문이죠.

걸음의 방식

지나왔던 길을 되짚어보면
수많은 걸음들이 보인다
홀로 서기 위해 아등바등했던
청춘의 걸음이 보이고,
어지러운 슬픔 안고도
자식을 키우기 위해 바들거렸던
중년의 걸음도 보인다
그 걸음들이 모여
사랑이라는 집을 짓고 삶의 탑을 쌓으며
여기까지 왔다
생각해 보면,
생의 전환점마다 걸음의 방식은 달랐다
현실로부터 몸을 숨기고 싶을 땐
땅에 발을 채 내딛지 않고 도망치듯 걸었다
그러다 일이 잘 풀릴 때면
아침의 걸음처럼 가볍고 산뜻하게 걸었다
가볍게 반짝이는 걸음은
어둠의 지층을 뚫고 올라온 기쁨이요
시작을 대하는 설렘이었다
저녁의 걸음은
세상의 모든 생명들을 집으로 돌아가게 했다

하루를 끌고 오느라 피멍 든 노을의 걸음이
모든 걸 내려놓고 비우는 때도 이때쯤이다
노을은 한 벌의 침묵을 걸치고
참선하러 들어간 스님의 뒷모습 같다
낙엽 위로 어스름 끌어와 덮어 주는
늦가을 노을의 걸음은 따스하면서도 쓸쓸하다
인생의 늦가을인 노년으로 접어들면서부터
노을의 걸음을 익혀야 한다
일몰처럼 갑자기 생의 시계가 멈출지라도,
후회하지 않도록 마음을 비우며
영혼이 여린 생명들을 포근하게 품어야 한다
노을은 비움의 빛깔로 여린 것들을 감싸며
누군가의 가슴에 따스하게 다가간다
여생도 노을의 걸음처럼
그리됐으면 좋겠다
해가 지고 있다
저녁 위로 노을이 붉게 걸어오고 있다.

사랑아 · 1

너무
앞서 가지 마라

같이 가자
저 벚꽃이랑
이 개나리랑

교만도 싫다
계산도 싫다

다만
낭만 하나만
옆구리에 끼고서
가자

하늘이 내려준
풍경이랑 손잡고

우주가 보내준
포옹의 곡선이랑
어우러져

가자
발걸음도 가볍게
마음자락도 가붓이

춤추듯 가자
황홀한 마음의
절경을 즐기며

있는 듯 없는 듯
사뿐사뿐 가자
진정한 자유로운
동산으로.

사랑아 · 18

미치도록
시詩를 쓰는 건

발끝으로 슬며시 들어와
폐부까지 찌르르 찌르는

그놈의
지독한 외로움 때문이야

미치도록
시詩에 매달리는 건

누워 있으면
방바닥에서 솔솔 올라오는

그놈의
냉기 섞인 추억 때문이야

미치도록
시詩를 깨물어 먹는 건

아무리 누르고 눌러도
목구멍까지 치밀어 올라오는

그놈의
불화살 같은 열정 때문이야.

사랑아 · 117

비 오는 옥상에서
추억의 가장 향그런 순간을 만났지요

지평선까지 끝없이 펼쳐진
푸른 보리밭이 철철철 보이고

종달새 지저귀는 소리도
끊길 듯 아스라이 보이고

유채꽃밭을 휘어도는
시냇물 소리도 굽이굽이 보이고

손매듭 굵고 까칠한 주름손에
잡혀 끌려가는 울음보도 보이고

서산마루 당산나무에 걸린
애틋한 첫사랑의 서성거림도 보이고

서낭당으로 향해 엉거주춤
매달려 가던 상여 끝 실연도 보이고.

사랑아 · 260

늦가을의 호숫가는
늘 비어 있었죠

청둥오리 몇 마리
간혹 날아왔다 갔을 뿐

갈대숲마저 적적하고
소나무 밑도 한가로웠죠

자리 깔고 누워
같이 바라보던 그 하늘

여전히 파란 거품 물고
그리움을 노래하고 있는데

텅 비어 버린 겨드랑이에
물빛 찬바람만 불어

아무리 귀기울여 봐도
가슴 에이는 눈물소리만 흘러.

사랑아 · 321

나의 정원에
왜
단풍나무만 심냐고
묻지 마세요

나의 별장을
왜
온통 빨갛게 치장하냐고도
묻지 마세요

나의 가슴에
왜
눈부시게 빨간 추억만
가득 채우냐고도
묻지 마세요

나의 꿈터에
왜
시뻘건 정열만
불타오르게 하는지도
묻지 마세요

나의 여생이

왜

뜨거운 피와 노을로

찬란하게 물드는지도

묻지 마세요.

사랑 고백 · 1

산자락이
하루에 한두 번씩
마을을 찾는 것처럼

그리움은
하루에 몇 번씩
당신을 찾아간답니다

비록
문 밖에서만
서성이다가 돌아오곤 하지만
하루도 빼지 않고
다녀오지요

귀찮게 할 생각도
괴롭힐 어떤 생각도 없으니
안심하세요

다만
미치도록 애타하는
느낌들의 반란을

잠시라도 잠재우기 위해서일 뿐

오늘도
찾아가는 쓸쓸한 길
오늘도
되돌아오는 외로운 길.

사랑 고백 · 99

잠시
오해가 있더라도
가슴 끓이며
누워 있지 말아요
저기 저
너른 바다를 떠올려요
수많은 물결 안고 살아가는
저 늠름한 바다를 떠올려요

잠시
울적해지더라도
무거운 돌 마음에 얹고
힘들어하지 말아요
저기 저
우뚝 솟은 산을 쳐다봐요
거대한 운무를 허리에 걸친 채
낭만 안고 살아가는
저 우아한 산을 쳐다봐요

잠시
힘들어 지칠지라도

인생 다 산 것처럼
시르죽한 표정 짓지 말아요
저기 저
생동감 넘치는 들판을 바라봐요
사시사철 여유롭게
다채로운 빛깔과 의미를 일구며
알뜰하게 하루 하루 지내는
저 싱그러운 들판을 바라봐요.

낙엽처럼

오늘에야
비로소
느낍니다

지는 이유를
져야 하는 이유를

단풍이
하늘하늘 지고

노을이
아롱다롱 지고

철새가
너울너울 지고

함박눈이
나붓나붓 지고

주위의 모든 게
지는 모습을

져야 하는 모습을

느낍니다
암반수를 혀로 맛보듯
싸늘히 느낍니다.

나를 사랑하나요

나를 사랑하나요?
그러면
날 자유롭게 해줘요

어딜 가든
무슨 짓을 하든
간섭하지 말아요

난
날개 달린 철새

나의 본능을
짓누르지 마세요

나를 사랑하나요?
그러면
날 찌릿하게 해줘요

밤이든 낮이든
숨 쉬는 어떤 순간에도
날 껴안아 주세요

난
열정에 약한 초콜릿

나의 본능을
황홀히 녹여 주세요.

열정 · 34

밀어내도
바람처럼 밀려와
가득 채우는

그게
뭘까

속삭이듯
감싸안고 얼래며
살살 다독이는

그게
뭘까

눈물 콧물 사이로
끼어들어 설치며
낑낑 앙탈대는

그게
뭘까

마음도 영혼도
휘저어 훑어내어
휙휙 내리치는

그게
뭘까.

열정 · 44

거리엔
백색의 바다

도로마다
쭉쭉 뻗은
직선과 곡선의
행진

산등성이엔
흑백으로
콕콕 눌러 찍은
점묘법 잔치

천지가
하나된 듯
모두 순박한 표정으로
다가오네

마치
그대와 나의
맥박까지 느낌까지

마음과 혼의
굽이치는 떨림까지
일체가 되어 밀려오듯.

열정 · 54

담겨 있던
원형의 껍질을
벗겨 버려

그 안에서
자라난 싹을
우주로 보내

뿌리와 줄기를
허공에 놔두고
빛으로 감싸

밀려오는
감동의 파장으로
가꾸며 살아

때가 되면
용암처럼
부글거리며 웅크려

뻗어나갈
분출구를 찾으며 찾으며
마치 혜성처럼 사랑처럼.

온전한 사랑 · 29

새벽하늘에서
들려오는
노랫소리

가슴벽을 뚫고
들어와
흥건히 젖어 버렸다

아릿한
배앓이를
외면하면서

허리에서 어깨로
다시 등줄기로
휘젓고 다니며

가장 여린 추억만
건드리고 다닌다

지금은
함께할 수 없지만

언젠가는
영혼까지 데불고

백두산도 가고
하와이도 가고
히말라야도 가자

그렇게
눈물 머금은 눈빛으로
말하던 당신

오늘도
그리움의 손끝 잡고
하염없이
한숨을 삼킨다.

온전한 사랑 · 66

길가에는
풀잎들만
있는 게 아니다

빛깔 고운
어린 나무들도 있고

낮게 바닥으로 기는
칡넝쿨들도 있고

가슴 아리는
추억들도 있다

빈 터에는
풀꽃들만
있는 게 아니다

한가롭게 노니는
벌 나비들도 있고

화음 맞춰 노래 부르는
풀벌레들도 있고

전율하듯 내지르던
찬란한 비음들도 있다.

온전한 사랑 · 77

어떤 손길도
닿지 않은 숲
푸르름이
깔깔거리고
원시적 낭만이
꿈틀대는 곳

스스럼없이
원시족이 된 우리
가벼운 산책으로
시작한 데이트
삼림욕은 온 피부에
애정의 향기를 발라주었다

간혹 주고받은 키스가
솔바람까지 멈추게 하고
숨 멈출 듯한 설렘은
산새 울음소리조차
풀숲 깊이 가라앉혀 버렸다.

4

짝사랑

부치지 못한 편지 · 1

이제는
떠나고
안 떠나고가
문제조차 되지 않는
사이가 되어 버린
우리

떠나든
안 떠나든
서로가 서로에게
마지막 순간까지
든든한 배경으로
남게 될
우리

마음 가득
영혼 가득
최선을 다해
사랑했노라고
우레처럼 당당히
외칠 수 있는 우리

이렇게 꿈자락에 적어
절절절
별빛에 실어
보내고 싶어라.

부치지 못한 편지 · 48

저 빗줄기 좀 봐요
마치 발을
세워 쳐놓은 듯
굵게도 내리네요

피아노 건반을
요란히 치듯
아침 내내 내리네요

비어 있는 벤치엔
하얀 눈부심이
반짝이는데도

뜨락 한 켠에
피어난 능소화가
소란을 떨고 있는데도

잔디 위로 튀어오른
회한들이
종종걸음으로
아우성을 치고 있는데도

빗줄기는 좀처럼
수그러들지 않은 채
주룩주룩 내리네요

내 영혼 위로 내리는
폭포수처럼
눈물 콧물 가리지 않고
내리꽂는
내 안의 그리움처럼.

부치지 못한 편지 · 56

보고파
보고파
보고파

정수리에 꽂혀
진종일
휘감아 도는
말

빛깔 입힐 새도 없이
시끄럽게
지저귀고 있어

그리움
흥건히 적시도록
울고 있어

그래도
소용없어

영혼까지 범람하여
참담한 모습으로
전율하는
말

보고파
보고파
보고파.

부치지 못한 편지 · 91

도대체
알 수 없어

사랑이
뭔지

사랑의 크기가
얼마나 큰지

사랑은
무엇 때문에
존재하는지

사랑은
무얼 먹고
살아가는지

사랑을
왜 선호하는지

사랑이
어째서 좋은지

사랑 때문에
왜 아픈지

사랑을
왜 마음대로
조절할 수 없는지

사랑으로 울고
사랑으로 우는
이유는 뭔지

그런데도
왜 사랑을
버리지 못하는지

알 수 없어
도무지.

짝사랑 · 5

경음악이
흐를 때

두 눈 감고서
촉각을 떠요

맨 먼저
리듬을
만져 봐요

하염없이
진종일

부르터 쓰린
곳도 만져

아무도 몰래
자신도 몰래.

짝사랑 · 10

눈길조차
마주할 수 없어

늘
뒷모습만 보이고

늘
뒷모습만 바라봐요

설렘조차
들킬까 싶어

늘
뒷모습만 보이고

늘
뒷모습만 바라봐요.

짝사랑 · 16

사이다 병에
물이
채워진 날

사이다는
거품을 잃고
사라졌어요

상표도
떨어지고
날짜만 찍힌 채

아직도
초록빛의
몸뚱이는 남아 있지만

예전의
톡 쏘는 성깔은
다 사라졌어요

이제
남은 건
기다림뿐

톡 쏘는
세월을
죽도록 견디면서.

짝사랑 · 45

피아노 건반 위로
빗소리
통
통
통
튀네요

노끈처럼
긴 미련도
통
통
통
따라 튀네요

창 두드리는
봄바람도
통
통
통
끊길 듯 튀네요.

짝사랑 · 85

그 큰
들녘에
딱 한 사람

그 작은
칼에
수많은 생명

왔다 갔다
갔다 왔다

바로
사랑의
비천무

이미
내
가슴속에선

수천 년 전부터
시작되고
있었다.

강 · 1

같이 가고 싶어
같이 걷는다
백로 두 마리도
날다가 걷는다
물살도 걷는다
물풀도 걷는다

달빛 타고 내려온
세월도 걷는다
별빛 머금은
추억도 걷는다

한 번쯤
주저앉고 싶지만
흐름은
휴식을 허용하지 않는다

용서도
흐름 속에서
용해되며 걷는다
꿈결까지도

회상의 손끝을 잡고
걷는다

모처럼
화해하는 가슴조차
아낌없이 맨발로
걷는다

물결소리
마음껏 마시며
눈물도 마시며
묵묵히 걷는다

다시는
손때 묻은 과거에
안주하지 않기 위해
오늘도
부단히 걷는다

강 · 7

약속은
못해요

한곳에
오래
머물지 못해요

가슴이
아파요

정 오래
주지 못해서
안타까워요

물풀들 붙잡고
애원해 보건만
안 되네요

비록
떠나가지만
아주 가지는 않아요

다시
올게요
천둥번개 치는 날

우박 같은 눈물로
다시 올게요
반드시.

강 · 25

말하지 말자
그냥 있자

이대로 놔둬도
흘러갈 건 흘러가고 말 것을

말하지 말자
마냥 있자

말없이 있어도
바람처럼 지나가 버리고 말 것을

말하지 말자
그저 있자

입 다물고 있어도
모두 과거가 돼 버리고 말 것을.

강 · 36

만나자마자
울먹 울먹

같이 살지
못해서

함께 하지
못해서

시작한 사랑
돌볼 수 없어서

가꿀 수도 없고
보호할 수도 없어서

아주 괴로워서
몹시 고통스러워서

첫 마디부터
훌쩍훌쩍.

그리움아 · 4

요즘 들어
멍하니 허공만 쳐다보는
시간이 늘어나고 있네요

더위 속에서도
수박을 한 입 먹다가도
소낙비 속을 걷다가도

문득 멈춰 서서
천고의 고요 속으로
깊숙이 빠져들곤 하네요

사색의 끝은
어디일까

도무지 알 길 없는
그 미로에
깃털처럼 가벼운 미소
보내고 보내요

멀리 있어도
가까이 있어도

애가 타는 건 마찬가지

오늘만은
편백나무 숲길을
거쳐 와야겠네요

파도소리랑
갈매기 소리랑
오솔길에 깔아 두고서

천년만년 잠든
황홀한 고백도 깨워
산책할래요

나 지금
가장 들떠 있어요

이 터질 듯한
눈물의 가슴
다 가지세요

저 산모롱이 돌아오기 전에
달뜬 이 영혼의 숨결이
바삭바삭 부서져 내리기 전에.

그리움아 · 11

미쳤다 해도 좋아
아마 미쳤을 거야
그럴 수밖에 없어

지극히 확률도 적은
허상일지라도
만남은 만남이야

우주의 에너지로도
녹일 수 없는
굳건한 만남이야

붙들어 껴안은 품에
씨앗 뿌려 키운
그런 만남이었잖아

돌고 돌아
엇갈리고 엇갈려
스치고 스쳐

겨우 만난
인연의 고리인데

어떻게 놓쳐
어떻게 소홀히 해
어떻게 포기해

있을 수 없는 일이지
바보가 아닌 이상
그럴 수 없어

놓치지 않을 거야
놓칠 수 없어
말도 안 돼

기회는 또 있다고
기회는 얼마든지 온다고
하지 마 하지 마 제발

물안개일지라도
꽃도 피우고
열매도 맺어야 해

그게
사랑의 섭리야
사랑의 법칙이야
사랑의 운명이야.

그리움아 · 16

새벽같이 일어나
깃털처럼 가벼운 발걸음으로
산책길에 나섰네요

오솔길을 촉촉이 적시는
새소리들이
어쩜 그리 고울까요

종아리를 슬며시 스치는
풀이파리들이
어쩜 그리 사랑스러울까요

눈길의 촉감에 생기 주는
이슬방울들이
어쩜 그리 싱그러울까요

걷다가 뒤돌아보는
길게 꼬리 홀린 숲길이
어쩜 그리 평온할까요

웅얼웅얼 웅얼이며
목까지 치밀어 오르는
보고픔들이
어쩜 그리 신비로울까요

몇 번이나 손등으로 닦아내는
눈물들이
어쩜 그리 찬란할까요.

그리움아 · 21

사랑은
우주야

사랑을 한다는 건
우주를 이해한다는 거야

두 운명과 마음과 몸이
하나가 되는 건

마치
우주의 행성과 행성이
하나가 되는 것과 같아

수없이 부딪히고 부딪친
혹성들의 폭발을
수용하고 수용한 뒤

마침내 태어난
순화된 하나의 별

그게
바로 사랑이야

마침내 피어난
정화된 하나의 사랑

그게
바로 우주야

누가
사랑이 쉽다고 했나

누가
사랑이 가볍다고 했나

우주를 닮다가
끝내는 우주가 되어 버린
사랑을 도대체 누가.

그리움아 · 24

여름 계곡은
늘 풍요로웠죠

그 속에는
여러 꿈들과 소리들이
살고 있었죠

색깔 곱게
다가오는 소망이랑

물소리 폭포소리 데리고
달려오는 내면의 소리랑

자갈 바위 틈에 끼어
울고 있는 보고픔 소리랑

발 담궈 전해지는
찌릿한 연민이랑

한꺼번에 토해내는
오색찬란한 사랑 고백이랑

거기 다 모여
살고 있었죠

나와 넌
그 속에서
여름마다 쑥쑥 자라는

한 마리
오동통한 짐승이었죠.

그리움아 · 31

늘
몸둘 바를 몰라
하네

그대 앞에 서면
이토록 설레고
핏속까지 꿈틀거릴까

이처럼 두근거리고
숨결까지 요동을 칠까

손가락 발가락이
자꾸 오그라드네

그대 떠올리면
이토록 아리고
허공에만 떠 있을까

이처럼 시리고
가슴에 비가 내릴까

영혼 안에서도
폭풍우가 몰아치네

그대 보고프면
이토록 뜨겁고
철철철 강줄기 흐르는 걸까

이처럼 들뜨고
환희의 분수가 솟구치는 걸까.

그리움아 · 34

저 구름이 걷히면
갈게요

지금 당장
갈게요

갈대가 우거진
강가로

철새들마저
떠나버린
그 쓸쓸한 자리로

날이 갈수록
날이 서가며
서릿발 서는 그곳으로
달려가

끝까지
믿고 따르며
행복하게 살 수 있도록

몸과 맘 다
치유받고 싶어요.

그리움아 · 38

한밤중에 깨어나 앉아
벽의 옷을 바라보네요

입어야 할지
말아야 할지

외면한 채
도로 누워야 할지

후다닥 걸쳐 입고
거리를 내달려야 할지

한 시간을 달려가면
그대 집 앞에 이르게 될 텐데

장마는 이미 그쳐
달이 휘영청 떠 있는데

감나무는 부쩍 자라
지붕을 거만스레 뒤덮고 있는데

왜 이리 풀죽어
방바닥을 짊어진 채 울고만 있는지

벌떡 일어나 번개처럼
무조건 달려야 할 텐데

우악스레 천둥처럼
열정을 쏟아내야 할 텐데

엉거주춤 내면의 고리를 물고
왜 이리 한숨만 토닥이고 있는지

단 한 번만이라도
불같은 용기를 내어

저 옷 입고
새로 산 저 정장을 입고

미친 듯이 그대에게로 달려가
미친 듯이 고백해야 할 텐데.

그리움아 · 41

자다가 깨어나
인터넷에 들어온 이유
나도 몰라요

막연히
연결하고 싶어요

그대에게
가 닿을 수 있는
유일한 끈이라서

오늘밤도 이렇게
일어나 컴 앞에 앉았네요

혹시 소식 있을까
혹시 손길 있을까

눈길 모아 모아
마음 모아 모아

빌어 보네요
곱게 두 손 비비며

잠 자는 중에도
한숨 내쉬는 중에도

어떻게든
연결하고 싶어요

우주의 기를 통해서든
영혼의 바람을 통해서든

한 순간도 놓치지 않고
그대와 통하고 싶어요

대양이 육지와 손잡듯이
태양이 열정과 손잡듯이.

그리움아 · 74

거기 거울 속에는
곡선의 아름다움이
물결치듯 너울거리고 있다

환희는
촉감 위로 줄줄줄
흘러내리고

꿈결처럼
보드라운 진액은
연신 비음을 짜내며
적셔들고

어디선가 내리꽂힌
흐느낌은
우주를 뒤흔드는
포옹 안에서 파닥이고

우르르 몰려오는
황홀함은
무아지경의 꼭지에

올라타 요동치고

견딜 수 없을 만큼
숨 막힌 열정은
발 디디고 있는 현실조차
송두리째 지워 가며
바르르 떨고 있다.

환자

고요가
뼛속 깊이
흐른 지
오래

욕심도
분노도
사라진 지
오래

착한 영혼을
보듬고
지내온 지
오래

낙엽의 떨림 같은
사랑의 접근을
애타게 기다린 지
오래

막힌 마음이 뚫려
쉬어지는 마음에
평온이 찾아오길
애타한 지
오래.

둑과 강물과 자유
- 순수의 꽃에게 · 14

생명의 근본 바탕은 무엇일까요?
세포일까요, 유전인자일까요?
아니면, 물 또는 피일까요?
자유라구요? 그래요?
자유의 희구 속에서만이
인간은 창조적일 수 있다구요?
아무도 자유로와짐이 없이는
위대해질 수 없다구요?
그렇게 생각하는 그대여,
내가 누군가에 예속되어 있지만,
그걸 알기 때문에 더 자유롭다면?
시와 자유가 한 자매라면
예속과 자유도 한 형제이겠지요
자유를 통하여 사람은
비로소 만물의 영장이 되듯이
예속을 통하여 나는
비로소 연인이 될 수 있었답니다
둑이 없고 어찌 강이 있겠습니까?
오로지 둑 안의 예속 속에서만
나의 자유와 사랑은

비로소 존재 가치를 얻는답니다
나에게 있어 유일의 가능한 자유란
죽음에 대한 자유일 뿐입니다
그대여, 나를 자유롭게 하기 위해서라도
나를 떠나려 하지 마십시오
이대로 그대 안에 머물러 있게 놔 두세요
그대라는 둑에 볼을 부비며
한가롭게 한 세월 흘러가도록
그냥 이대로 내버려 두세요, 네?

봄비 오는 날
- 순수의 꽃에게 · 4

뜨락에는 지금
윤기 나는 봄비가 주룩주룩 내리고 있습니다
토끼풀과 제비꽃이
상기된 꽃불로 하늘을 우러르고 있습니다
앵두나무에는 나눔잔치가 한창입니다
잿빛 새들이 날아와
솜씨 좋게 앵두를 따먹고 있습니다
배부르면 앵두 하나를 입에 물고
이웃집으로 포로롱 날아갑니다
일단 전깃줄에 앉았다가
옆으로 걷는 동동걸음으로 처마 밑을 향합니다
아마도 그곳에는 새끼들이 입을 크게 벌리고
엄마 사랑을 기다리고 있는 모양입니다
방 안에서는 오래도록 귀에 익어 편안한
옛 노래가 온종일 사근대고 있습니다
그대의 창문에도 저 빗소리가 들리겠지요?
안타까움을 입에 물고 맨발로 다가서는
초조한 저 발걸음 소리도 들리겠지요?

꽃의 기다림
- 순수의 꽃에게 · 17

꽃에 기다림이 살았습니다
요정처럼 작고 어렸지만
간절함의 기도는
그 어떤 것보다 더 강렬했습니다
그것은 작열하듯 붉디붉게
때로는 샛노랗게 때로는 높다랗게
알라꿍달라꿍 꿈을 토해냈습니다
천상의 햇살 비늘을 달고
씽끗빵끗 찬란히 빛났습니다
타락한 열정과 욕망까지도
빛나는 시詩로 승화시켜 놓았습니다
그러던 중, 꿈을 깬 새벽녘
그리움의 절망이 해일처럼 밀려와
한순간에 시르죽이 지게 만들었습니다
이제는 체취만이 여운처럼 남아
유리상자 안에서 응급 치료를 받고 있습니다
가시 박힌 시간이 빠르게 흐를수록
주름살 투성이인 회한을 뒤집어쓴 채
추억의 해진 갈피 속으로
그림자처럼 잦아들고 있습니다.

솟구쳐, 솟구쳐, 솟구쳐
– 순수의 꽃에게 · 21

산속 움막 한 켠에
오롯이 찾아든 한기寒氣

꼭두새벽인데도 차마
안기지 못하는 외로움

그대 떠난 지도 벌써
6년하고도 석 달 열흘

솔부엉이 한 번 울 때
외짝 소쩍새는 수천 번

어떤 향기가 스며들어도
이젠 깡말라 버린 이끼

겉으로는 이미 수없이
죽고 죽고 또 죽었건만

언젠가 소나기 오는 날
푸르뎅뎅 다시 살아나리

그리움 한복판 쪼개어
가장 날카로운 한恨으로

솟구쳐 솟구쳐 솟구쳐
밤하늘 검붉게 새기리.

관심

당신의 아침을
호수 위에 펼친다

별빛이 머물다 간 자리에
어제의 채도 껴입은 초록을
물그림자로 띄운다

따스한 꽃잎 한 장으로도
물의 심장은
둥근 지문으로 쿵쿵 뛰는데

밤낮없이 비를 긋는
당신은 바깥쪽이 젖고
나의 마음은 늘 안쪽이 젖는다

파문 이는 동그라미의 안과 밖
그 사이 어디쯤에
새소리 푸르게 출렁이는데

몸을 꺾는 겨울 속으로
서둘러 가는 당신의 뒷모습,

물이랑의 간격은 좁아져 날카롭다

이제
한 번 더 격랑을 가로질러
고요에 다다라야 한다

오늘도 호수는
당신의 깊은 묵상으로
평온에 가 닿는다.

봄과 여름 사이
− 순수의 꽃에게 · 19

철망 너머는 잔잔한 호수 공화국
물결 위로 바람 뒹구는 소리뿐

거만한 '견인 지역' 푯말 곁에
사열하듯 줄줄이 늘어선 휴가 차량들

쓰레기 줍다 말고 쪼그리고 앉아
막걸리 한 사발 쭉 들이키는 청소부

둑 아래 써레질꾼의 뒤를 따르며
부지런히 먹이를 주워 먹는 새들

씽긋뻥긋 웃으며 구름 뒤를 좇는
심술통이 햇살과 사냥한 풀향기

나무 숲 그늘을 찾아 올라가는
이제 막 사랑을 싹틔운 벌나비들

모두 다 봄과 여름 사이에 끼어
꿈, 그대의 체취를 찾는 탐구자들.

5

박덕은의 작품세계

실존탐구와 기독교적 세계관,
그리움의 노래
– 박덕은 시선집 『사랑의 힘』

강 경 호
(시인, 한국문인협회 평론분과회장)

    박덕은 예술의 원천은 문학이다. 1979년 〈전남일보〉 신춘문예에 동화 「경수의 하늘나라 여행」 당선을 시작으로 1983년 《아동문예》 신인상 소년소설 「기다림 연주」 당선, 1985년 〈중앙일보〉 신춘문예 문학평론 「삶의 원리와 죽음의 원리」 당선, 1986년 《시문학》에 시 「연가」 당선, 1987년 《아동문학평론》에 동시 「뒷동산의 꿈」, 「구름아 구름아」, 「뒷결의 편지」 당선, 1992년 《문학세계》 희곡 당선, 단편소설과 장편소설, 수필 등 문학의 전 장르에 등단하여 전천후 만능 문학인이 되었다. 이러한 기록은 우리 문학사에서는 쉽게 깨지지 않을 기록이라고 여겨진다.

    뿐만 아니라 모든 장르의 작품집과 교양서를 포함하여 130여 권이 넘는 창작집을 펴내어 문학인으로서 박덕은은 지칠 줄 모르는 에너지와 부지런함으로 창작의욕을 불태워 왔다. 그 중에서도 그의 문학세계를 대표적으로 발현된 장르는 단연 시(詩)이다. 시선집까지 포함하여 27권의 시집을 펴냈다. 그리고 '그리움'을 주제로 한 시편을 3,000여 편이나 창작하였지만 아직 시집으로 펴내지는 않았다.

그러므로 박덕은이 추구한 문학세계를 시집을 통해 투사시켰다고 보아도 무방할 것이다.

때까치 울음 같은 바람이 되었다 / 피가 잉잉거리는 질퍽한 길을 따라 / 줄무늬져 오는 석양빛을 뿌리치며 갔다 / 동산의 축축한 시간을 털어내자마자 / 깃털처럼 부서져 내린 취기 / 계속 바람은 달렸다 / 흙구덩이에 잠긴 심호읍을 딛고 / 얼기설기 털 돋친 삶의 음계를 / 한 꺼풀 한 꺼풀 벗기면 / 포도시 속살 벗는 산맥, 그 등성이를 털어낸다 / 점점 소슬한 진펄에 밀리는 / 육신의 몸부림 몇 점, / 우적우적 깨물어 먹고 질근질근 깨물어 먹고 / 노자 한 푼 없이 한사코 가라, 바람개비같이 돌며 가라 / 숭숭 구멍 뚫린 갈림길로 / 머슴살이 손때도 쌍심지 돋은 자존심으로 씻으며 / 달음박질로 가라, 기지개 켜며 치달려가라, 얄미운 바람 / 자박자박 바람을 지쳐 달렸다 / 둔탁한 발걸음 소리 질질 끌어데불고 / 변두리 샛길로 접어 들면, / 쑥대머리 동네 아이들의 헛웃음소리, 히히, 헤헤 / 그 사이를 비집고 기어코 끼어드는 / 아내의 육자배기 가락 몇 올, / 파닥이며 돌아눕는 죽은 아이의 부르튼 울음소리, / 갈앉아 조상의 산맥을 더듬어 헤매는 / 노모의 녹쉰 염불소리, / 와르르 쏟아져 내려 별빛같이 / 개구리 울음밭에 뿌려졌다 / 바람도 숨을 멈춘 채 / 벼포기들 사이로 / 시름시름 자맥질을 하면서 / 바람은 시간을 털어 낸다.

- 「바람은 시간을 털어낸다」 전문

박덕은 시집 『바람은 시간을 털어낸다』(전남대 출판부, 1986)에 대해 김상태 문학평론가는 "평범한 소재를 새롭게 보려는 시정신의 돋보임이다. 그것은 러시아 포말리스트 중에서 쉬클롭스키로 대표되는 시학자들이 '비친숙화' 관점을 잘 실천한 듯이 보인다. 더욱이 이 시인의 시들에서는 남도에서 흔히 쓰는 방언의 새로운 얼굴을 얻고 있음을 보게 된다." "지적하고 싶은 것은 정중동의 테크닉이다. 그의 시에서 느껴지는 목소리는 착 갈앉음이다. 도무지 부박하다든지 객기를 부린다든지 하는 대목이 한 곳도 없다. 그럼에도 불구하고 그의 시는 따분함이라든지 지루함을 주지 않는다. 그 이유는 매 시편마다 시험하고 있는 다양한 리듬과 시적 퍼스펙티브 때문이다. 그의 목소리가 하도 차분하기 때문에 쉽게 눈에 띄지 않을 뿐이다. 가령 「누이야 누이야」는 「거시기 1 · 2」와는 다른 음색을 내고 있는가? 「사랑 1 · 2 · 3」은 「타령 1 · 2」 혹은 「깨달음 1 · 2 · 3화」와, 혹은 「맥」 연작시와 얼마나 다른 변이를 추구하고 있는가? 그럼에도 도무지 요란하게 드러나지 않는 것은 그의 차분한 음성 때문이다." 김상태 문학평론가는 박덕은의 시의 차분한 목소리에 대해 주로 주목하고 있다.

　보다 구체적으로 박덕은의 시를 살펴보면 「바람은 시간을 털어낸다」에서 눈에 보이지 않는 비가시적인 이미지인 촉감각으로만 지각할 수 있는 '바람'에 대해 "축축한 시간을 털어" "산맥의 등성이를 털어낸다" 등에서 볼 수 있듯이 초인적인 힘을 가진 존재로 나타난다. 더불어 "파닥이며 돌아눕는 죽은 아이의 부르튼 울음소리" "때까치 울음같은" 슬픔을 재내한 애조를 띤 존재라는 양면성을 지녔다. 인간의 실존에서 만나는 온

갓 슬픔의 서사현장에서 그것들과 마주하며 그 아픈 시간을 털어내는 존재로 현현하는 존재이다.

「안개」에서는 만질 수 없는 시각적 이미지인 '안개'를 가시적으로 드러내며, "갓 태어난 향수의 날갯짓"이라고 형상화한다. 안개의 속성인 시야를 은폐시키는 성질을 통해 "한꺼번에 피어오르는 정" "맘 놓고 피어오르는 넋" "아내의 눈빛 같이 / 희뿌연 햇살"로 형상화시킴으로써 보다 내밀한 인간의 정신영역으로까지 그 의미를 확장시킨다.

「누이야 누이야」는 1980년대 우리 시단을 한바탕 유행처럼 지나간 민중시, 또는 현실참여적인 성격의 시라고 할 수 있다. 가난한 집을 떠난 누이를 향해 보내는 연민의 정서가 주조를 이루고 있다. 그러면서도 "정갈한 마음 깃을 세우고 서서 / 살아 있는 눈빛으로 살아가는 누이야" "아침 햇살처럼 늘 그렇게 / 살아 있는 누이"로 긍정적으로 인식하고 있는 모습에서 80년대 민중시와는 사뭇 다른 일면을 보여준다.

「타령 · 2」에서는 후렴구 "어허야 어허 내 사랑아"를 반복하는 형식과 주로 3행 3음보 음악성을 잘 살리고 있다. 그리고 '타령'이라는 말이 말해주듯 우리 민족의 내면에 녹아 있는 노래 형식으로 가난한 기층민의 애환을 그려내고 있다.

갈수록 시적 완성도를 보여주는 작품들은 시적 상징을 대상에게 부여하여 이른바 계산되었지만 자연스럽게 시적 짜임새를 갖춘다.

「행운목」에서 '행운목'은 말 그대로 행운을 가져오는 어떤 대상을 통해 대상이 지닌 기표 이면의 기의에 그 대상이 지닌 의미를 깊이 투사한다. 이 작품에서 '아버지'는 '행운목' 같은 존재로 인식되는데, "아버지는 / 일 년 계약직 접시물에서 / 일"하는 사람이다. 주지하다시피 '접시물'은 깊지 않아 생물이 살기 힘들지만 행운목은 잘 산다. 아버지는 '접시물'로 형상화시킨 '계약직'이다. 계약직은 임시직이므로 계약 기간만 일할 수 있다. 이렇듯 열악한 환경에서 "내 집 마련 같은" 소소한 꿈을 피우기 위해 "모두가 퇴근한 사무실에서 / 혼자 야근한다." 약속을 실행한다는 행운목의 꽃말처럼 묵묵히 자신의 길을 걸어가는 우리시대 아버지의 삶을 긍정적으로 그려내고 있다.

「수목장」에서는 수목장의 현장을 '자연친화적인 여관'으로 의미화시킨다. '벽지' '숙박계' '입실' '장판' 등의 시어언의 등장이 자연스럽다. 그러면서도 '나무 밑' '장지' '울음' '꽃' '흙이불' 등 묘를 떠올릴 수 있는 언어들을 배치하여 죽은 사람의 장례를 연상시킨다. 비문 같은 글을 '숙박계'에 쓰게 되고 "썰렁했던 그의 방은 차츰 온기가 든다."고 말하는 여유를 보여준다.

굽은 등 감춘 어머니는 / 모든 것을 마주보며 말한다 // 고기잡이배 집어등의 밝음도 / 차갑고 드센 암초도 / 정박해 있는 순한 눈빛들도 / 휘감기는 한파도 / 모두 그녀의 앞에 있다 // 옷소매 걷어붙인 탄탄하고 억센 팔뚝으로 / 그녀는 언제나 정면을 응시하며 / 세상을 다독인다 / 앞면을 확장해 가는 그 뜨거운 가슴으로 // 어머니의 힘은 사실, / 뒷면에 숨겨져 있다 // 비상식량이 비축된 / 낙타의 혹처럼 / 그녀의 굽은 등은 상흔의 저장고 // 난파된 어선의 슬픔, 어부들의 고뇌, / 발 묶인 두려움의 나날들, / 회한으로 출렁이는 항구, / 속절없이 저무는 바다까지 / 모두 그녀의 뒷면에서 꿈틀거린다 / 그것들의 응축된 힘이 / 그녀를 단단히 다

져간다 // 폭풍우 휘몰아치는 / 이른 새벽 / 용솟음치는 기
도 // 정한수 떠놓고 험한 물결 잦아들 때까지 / 거친 파도
헤치며 허리 굽혀 애타하다 / 급격히 커지는 그녀의 간절함
이 / 바람의 들머리 바꿔 뱃길을 연다 // 그제서야 / 사나운
풍랑 한복판에서 / 잔잔하고도 붉게 물들어 가는 고요가 /
먼 데서 생동하는 아침을 끌어올린다.

- 「여수항」 전문

　「여수항」은 '어머니'라는 대상을 노래한 작품이다. 박덕은
은 어린 시절 마음속으로 어머니와의 단절을 마음먹었지만 자
신이 자식을 낳고 어머니의 처지가 되어 어머니의 삶을 이해한
다. 그럼에도 오랫동안 그의 문학작품 속에 어머니가 거의 등
장하지 않는다. 물론 이 작품은 보편적인 어머니에 대한 관념
을 노래한 것으로 볼 수 있지만, 그동안 어머니에 대한 연민과
사랑이 어느 정도 이 작품 속에 스며든 것이 아닐까. "굽은 등
감춘 어머니는 / 모든 것을 마주보며 말한다" 그러나 사실 어
머니의 힘은 뒷면에 숨겨져 있다. 낙타의 혹처럼 굽은 등은 상
흔의 저장고이다. 난파된 어선의 슬픔, 어부들의 고뇌, 발 묶인
나날들, 그리고 속절없이 저무는 바다까지 어머니의 뒷면에서
꿈틀거린다. 이렇듯 고난신난한 삶의 고초를 견디어 온 어머니
이기에 오히려 그것들의 응축된 힘이 어머니를 단련시켰다고
할 수 있다. 그동안 어머니를 시련에서 견디게 한 힘의 원천은
이른 새벽 정한수 떠 놓고 용솟음치는 기도 때문이라고 할 수
있다. 그러므로 이러한 간절함이 "사나운 풍랑 한복판에서 /
잔잔하고 붉게 물들어 가는 고요가 / 먼 데서 생동하는 아침을
끌어올린다."는 긍정적인 힘으로 작용했을 것이다.

할머니를 노래한 시편은 버거운 삶을 긍정적인 힘으로 작용할 수 있는 에너지를 보여준다.「할머니의 풍등」이라는 작품을 읽는다.

'할머니의 풍등'은 '할머니의 소원'을 상징화시킨 은유이다. "백발처럼 성성한 슬픔"은 할머니의 지나온 지난한 삶을 의미한다. "감당하지 못할 恨 숨긴 채" 살아온 생이었기 때문이다. 때는 "동안거 끝낸" 봄날 감자를 심기 위해 할머니는 밭으로 간다. "묻힐 수 없는 날들 / 적막 속으로 잠기자 / 우우우 허공 떠도는 소리 / 그 서러운 날들 / 조금씩 밀어 올려 푸른 줄기 세운다" 서러운 삶 속에서도 감자의 푸른 줄기를 세우듯 할머니의 한과 슬픔으로 얼룩진 삶에 생기를 불어넣어 준다. 마침내 "찬란한 내일을 어룽어룽 엮"기에 이른다. 이 작품에서 작품에 활기와 힘을 주는 것은 "울음은 웃음보다 환하다"는 역설과 감자의 푸른 멍이 생명성을 나타내듯 '상처'의 다른 말인 '멍'을 "하얗게 멍이 든 세상을 눈뜨게 한다"는 대목이다. 그러므로 "사방 천지 별처럼 반짝이는 풍등이 / 밭이랑 마다 무더기 무더기 떠 있다"며 감자꽃으로 짐작되는 것들이 별처럼, 또는 풍등처럼 밭이랑마다 떠 있다고 하는 것이다. 결국 "할머니의 꿈알들이 토실토실하다."며 할머니의 소원이기도 한 감자알이 토실토실 잘 여물었다고 하기에 이른다.

「폐차장」은 자동차의 일생을 통해 마침내 폐차장에 오게 된 과정을 통해 인간의 삶을 노래하면서 성찰을 말하고 있는 작품이다. 알다시피 자동차는 질주하는 것이 본능이며 역할이다. 그러나 "가파른 기억의 고삐 내려놓고 / 가부좌 튼다" 한때는 "갈 데까지 가보자는 / 취기 오른 속도"의 무모함과 객기는 시인의 삶을 말해주는 것이기도 할 것이다. 그러므로 "달릴수록 치기 어린 배경이 / 떨어진 문짝처럼 사라진다"고 할 수 있다. 이제 폐차장에 이르러 "한 방향만 고집한 미련 많은 백미러는 / 금이 간 오후의 고뇌를 붙들고 있"는 처지가 되었다. 인간의 삶도 이러할 것이다. 그러므로 "구름 한 점 없는데 / 소나기 한 줄기 후드득 쏟아"지는 것은 "스스로를 경계하라고 / 등짝 후려치는"죽비 같은 것이리라.

이밖에도 박덕은 초기 시편들에서 기층민들의 삶의 애환을 그린 대표적인 작품으로는 마치 월식 때 사방이 캄캄해진 것처럼 "태생부터 / 쓰리고 아릴수록 단단해지는 눈물이 / 새 길을 만든다"는 "달의 심장을 옥죄는 망나니들""아직 끝나지 않은 봉기가 / 동진강으로 모여들어 / 혁명 같은 달가루를 풀어놓느라 / 강 물결이 희디희다 / "고 노래한 「월식」, 부둣가에서 노점상 하는 사람의 "가압류 딱지" 같은 상처를 안고 살아가는 사람의 지난한 삶을 그린 「부둣가 노점상」, 음식점 전단지를 골목마다 붙이고 다니는 여자의 삶을 살피는 「전단지」, 어린 자식들을 위해 풍랑에 쫓기면서도 "재갈 같은 생과 맞서는"아버지의 한숨을 노래한 「말뚝」 등이 있다.

박덕은의 초기 시편에서는 기독교적 세계관을 그린 작품이 그의 또다른 시적 경향을 차지한다. 기독신앙을 노래한 시편에서는 주로 하나님에 대한 예배와 신앙 고백적인 성격을 띤 작품들이다. 특히 「케노시스」 연작시가 그 대표적인 예가 되는데, 문덕수는 " '당신'(임)을 발견하게 되고, 마침내 당신과 나와의 관계를 정립하여 그의 상상력, 그의 영혼의 전체를 집중함으로

써 그의 시의(그리고 삶의) 중심을 확고하게 잡은 것이다. 절대 자인 당신과 나와의 관계에서 형성된 이 구조는 앞으로 얼마간 은 그의 시의 기본구조로 작용할 것으로 보인다."(「형이상학의 인식」, 『자유인 · 사랑인』 도서출판 한실, 1989)고 하였다. 이 연작시들은 박덕은의 개성적인 목소리를 진하게 드러낸다. 결 국 박덕은이 그의 시적 여정에서 탐색한 성과들의 결집과 그에 대한 자연스러운 귀결로써 나타난다. 이 작품들에서 신앙 고백 은 절대자 '당신'에 대한 맹목적인 복종이나 추종이 아니라 인 간적인 번뇌와 갈등과 회의가 담겨 있다. 그러므로 '케노시스' 는 절대자에게 바쳐지는 헌시이면서도 자신을 돌아보게 하는 인간적인 면모를 드러낸다.

'케노시스(Kenosis)'는 성육신으로 자기를 비운 그리스도 를 교리적으로 설명하는 헬라어이다. 자신의 신성을 비우는 것 도, 신성을 인간성으로 바꾸는 것도 아닌 자기 포기, 즉 예수님 이 "오히려 자기를 비워 종의 형제를 가지사 사람들과 같이 되 셨고"(빌립보서 2:11)에서 보듯 자신의 권위를 비운 것을 말한 다.

「당신을 확실히 얻기 위해 -케노시스 · 9」에서 "당신과의 이 별을 슬퍼하지 아니합니다"라고 고백한다. "당신과의 이별은 / 당신과 저의 새로운 영합을 위해서"이기 때문이다. 이처럼 절 대자와의 이별은 "당신의 이름이 제 생명에 조각되기까지 / 수 많은 밤을 지새워야 하고" "수많은 입덧을 해야" 하기 때문에 이별을 아쉬워하지 않는다는 것을 전제하는 것이다. 그렇기 때 문에, 당신을 얻기 위해, "당신과 저의 영원한 만남을 위해"서 "이렇게 당신을 떠나보"내겠다고 한다. 보았듯이 세상적인 욕망을 얻기 위한 이별이 아니라 진정한 인간으로 거듭남으로써 참다운 만남을 하겠다는 다짐을 보여준다.

> 홀로 / 당신의 창문을 열어 젖히면 / 발가벗은 영혼을 만나게 돼요 // 순간, / 몰려오는 당신의 향기, / 에워싸며 쓰다듬는 당신의 체취 // 그렇군요 / 당신의 창틀에 / 나의 기도가 끼워 있고, / 그렇군요 / 당신의 테두리에 / 나의 인생이 갇혀 있군요 // 오늘, 살펴본 / 당신의 방은 / 그렇군요 / 나의 영혼의 영원한 자취방이군요.
>   - 「당신의 방 -케노시스 · 29」 전문

「당신의 방 -케노시스 · 29」에서 '당신의 방'은 "발가벗은 영혼을 만나게 되"는 공간이다. 이 시공간은 물리적인 장소가 아니라 신앙적으로 성숙한 영혼이 머무는 형이상학적인 지점이다. 그러므로 아무나 쉽게 머물 수 있는 곳이 아니다. 수많은 기도와 참된 삶의 결과로써 얻어지는 곳이다. 그래서 화자는 "당신의 테두리에 / 나의 인생이 갇혀 있군요"라는 고백에 이르는 것이다. 갇힘, 즉 "진리가 너희를 자유롭게 하리라"(요 8:3)에서처럼 '진리'는 거저 얻어지는 것이 아니며 어쩌면 스스로를 절제하는 구속일 수 있다. 그러나 구속이 자유롭게 할 수 있다는 역설이, 이 작품에서도 갇힘이 때묻지 않은 '발가벗은 영혼'이 되게 함을 노래하고 있다. 그래서 "당신의 방"을 "나의 영원한 자취방이군요"라고 할 수 있는 것이다.

「얼마나 좋겠어요 -케노시스 · 47」에서 "비가 주룩주룩 오는 날" "당신과 걸어갈 수 있다면 / 얼마나 좋겠어요"라고 소망을 말한다. "가슴이 미어지게 부푼 날" "당신과 함께 달려갈

수 있다면 / 얼마나 좋겠어요"라고, "온몸이 은혜롭게 들뜬 날" "당신과 함께 뒹굴어 내려갈 수 있다면 / 얼마나 좋겠어요"라고 묻는다. 뿐만 아니라 "영혼이 청아하게 펄럭이는 날 / 저 하늘과 함께 두둥실 올라갈 수 있다면 / 얼마나 좋겠어요"라고도 묻는 것이다. 화자가 이렇듯 '당신'이라고 호칭하는 절대자에게 자꾸 자신의 소원을 갈구하는 것은 아직 화자가 당신이 바라는, 즉 자신이 소망하는 지경에 이르지 못한 결핍을 드러낸 것으로 언젠가는 이루고 말 완성된 인간이 되고자 하는 바람을 통해 보다 성숙한 신앙의 길에 이르고자 한다.

박덕은이 욕망하는 신앙의 완성을 위한 바람은 「길트기」 연작시에서도 이어진다. 문학평론가 임명진은 「길트기」 연작시에 대해 "「길트기」 전편에서 '당신'을 부르고 이 시인의 변화무쌍한 목소리—설레임, 부끄럼, 겸허함, 초조함 등—와 다양한 포즈—능동적인 적극성, 수동적인 관조성 등—는 참으로 여러 선율의 변곡점이 되어 울려 퍼지고 있다."고 하고 있다. 아무래도 '길트기'로 의미화된 '올바른 사람'이 되는 일이 쉽지 않음을 알고 있는 시인이 공포와 부끄러움과 초조함에서 벗어나고자 하는 절박함으로 외치는 고뇌를 잘 드러내고 있다. 결과적으로는 '성숙한 사람' '완성된 사람'이 되고자 하는 박덕은의 인간적인 목소리가 「길트기」 연작시라고 할 수 있다.

　　나는 / 당신의 하얀 종이 한 장 / 구겨지지 않기를 / 아프게 소망하여 애타게 기도하며 / 어느 역에서나 아낌없이 내릴 채비를 하며 / 청정한 몸으로 절절히 시를 썼어요 / 휘청이는 목숨을 훈훈히 부추기며 / 당신의 붓글씨 받으러 / 예가지 총총 걸어왔어요 // 나는 당신만의 얇은 종이 한 장 / 때가 묻지 않기를 / 향긋이 소원하며 살포시 빌어 보며 / 어느 때에라도 기쁨 담아드릴 채비를 하며 / 청아한 맘으로 당신을 기다려요 / 눈물겨운 가슴을 소중히 간직하며 / 당신의 사랑을 받으러 / 예까지 급히 달려왔어요 // 나는 / 당신의 종이 / 부끄럼 타는 한 장의 빈 종이.

「빈 종이 - 길트기 · 2」 전문

「빈 종이, - 길트기 · 2」에서 '당신'으로 표상되는 절대자의 "하얀 종이 한 장 / 구겨지지 않기를 / 아프게 소망하며 기도" 한다고 고백한다. "당신의 하얀 종이"는 때묻지 않은, 그러므로 순결과 신성한 절대적인 가치이다. 그것을 더럽히는 것은 피조물인 화자가 타락하는 것일 것이다. 그러므로 "청정한 몸으로 절절히 시를" 쓴다고 한다. "당신의 붓글씨 받으러 / 예까지 총총 걸어왔"다고 고백한다. '절절히 쓴 시'와 '당신의 붓글씨'는 순결하고 신성한 의미를 갖는 것으로 순결함과 신성함을 간직하겠다는 화자의 의지이다. 그렇기 때문에 "나는 / 당신의 하얀 종이 한 장"이니 아무렇게나 버릴 수 없는 것이다. 그 하얀 종이에 "기쁨 담아 드"리고자 하고, "청아한 맘으로 당신을 기다리"겠다고 하는 것이다.

박덕은의 절대자에 대한 믿음과 신앙 고백은 이어진다. 「살아 있는 기쁨」에서 "당신은 오랜만에 찾아와 주셨"다고 한다. "이미 안개 속에 묻혀 죽어 있을 / 버려진 저"에게 당신이 찾아와 주셨으니 참으로 기쁜 일일 것이다. 그동안 "당신의 이름은 잊었지만 / 당신의 사랑을 못내 못 잊어 하"였으니, 실은 화자가 당신을 잊은 것이라고 할 수 없을 것이다. 그동안 화자는 마음을 닫아두었는데 당신이 웃게 하여 마음의 문을 열게 됐다고도 한다. 뿐만 아니라 '당신'이 기쁨이며, 당신으로 인해 저는 만족한다고 한다. '당신'이라는 절대자가 어떤 존재임을 일깨워 주는 작품이다.

박덕은의 기독교적 상상력을 발현하는 시편들에서 「당신」 연작시는 그가 하나님이라는 절대적인 존재에 대한 인식이 드러나 있다. 흔히 '당신'은 수평적인 인간관계에서의 호칭이기 때문이다. '당신'은 애틋한 감정이 투사되어 있고 대상과의 거리를 좁혀 친밀감을 느끼게 한다. 그렇다고 해서 신적 존재에 대한 경건성이 사라지지 않는다. 오히려 강한 호소력을 지니게 하여 독자들로 하여금 공감대를 형성하는데 기여한다.

> 할머니가 걸어와요 / 세월의 발끝만 내려다보며 / 천천히 걸어와요 / 옆도 보지 않고 / 그냥 지나쳐 가요 // 두 손은 뒤로 한 채 / 90도 가까이 허리 구부린 채 / 지나가고 있어요 // 손에 든 비닐봉지에는 / 아기소나무 한 그루, / 잘 익은 복숭아 두 개, / 막 피려는 백합 한 송이 / 들어 있군요 // 서서히 골목 안으로 사라져 가는 / 할머니의 뒷모습에서 당신을 읽어요 / 당신의 향기도 읽어요 / 당신의 눈물도 읽어요 / 꿈에도 그리던 당신의 사랑도 읽어요.
>
> -「당신·2」 전문

박덕은의 '연작' 「당신」에서 신적 존재는 높은 데 있는 특별한 분이 아니다. 인간의 삶 속에서 흔히 현현하는 그런 존재이다. 이렇듯 「당신·2」에서 "세월의 발끝만 내려다보며 / 천천히 걸어"오는 할머니의 모습은 "90도 가까이 허리 구부린 채"이다. 할머니의 "손에 든 비닐봉지에는 / 아기소나무 한 그루,

/ 잘 익은 복숭아 두 개, / 막 피려는 백합 한 송이"가 들어 있다. 그런데 화자는 이러한 할머니의 모습에서 하나님의 모습을 발견한다. 할머니의 손에 든 것들은 소소한 것들이지만 그것들 속에 내재한 것은 사랑이기 때문이다.

「당신·22」에서 박덕은이 추구하는 정신적 지향성이 깃들어 있다. "원하는 거 없어요 / 호화로운 삶도 관심 없고 / 높아지는 명예도 관심 밖이에요"라는 고백이 그것을 말해준다. 그가 지향하는 삶은 "오로지 함께하는 삶 / 그대와 단둘이서 / 눈물 거두고 한숨 말아 / 평안한 기분 깔고 사는 삶"이다.

이밖에도 박덕은의 「당신」 연작시에서 일상의 삶에서 만나는 수많은 정서적 사건에서 '당신'은 나약함과 결핍 투성이인 인간이 도저히 이르를 수 없기 때문에 흠모하고 그리워하는 대상이다.

박덕은 시세계에서 가장 큰 비중을 차지하는 시적 경향은 '그리움', '외로움'과 함께 이러한 정서의 내면에서 작동하는 '사랑'의 감정들이 있다. '그리움'의 정서는 박덕은 시문학에서 초기에서부터 끊임없이 작품 속에 투사되었던 정서로 초기시 이후 현재까지 그가 천착하는 시적 주제이다. 시인의 고백에 의하면 30여 년이 넘는 세월 동안 홀로 지내오면서 생래적으로 내면에서 들끓는 인간 박덕은 삶의 에너지이자 욕망의 형상화이다. 그것은 삶에서 솟구치는 외로움의 소산으로 어느 누구보다도 주체할 수 없는 감정의 표현이며 어쩌면 박덕은의 정체성을 드러내는 방식일지도 모른다. 유년기에 가족으로부터 받은 상실감과 기존 질서에 대한 반항, 또는 저항의 기표라고도 할 수 있다. 때로는 어떤 대상에 대한 그리움을 해석할 수 있고,

근원적인 외로움, 또는 슬픔을 문학적으로 승화시킨 것들이다.

「둥지 높은 그리움·2」는 박덕은에게는 의외의 짧은 시형식이지만 그의 내면에 가득찬 그리움의 정서를 상징적으로 보여주는 작품이다. 혼자 있는 겨울밤 "서슬져 있는 그리움이 / 이 한밤 나를 깨어 있게" 한다고 고백한다. 모두가 잠든 밤 홀로 깨어 잠들지 못하게 하는 것은 화자가 살아온 수많은 날들 겪은 정서적 사건들에 대한 사색에서 연유한다. 겨울밤이라서 몸을 차게 하는 것이 아니라 오히려 생각이 또렷하게 정신을 맑히우는데, 화자는 이를 두고 "이 싸늘한 시간들을 어이합니까?"라고 반문한다. 복잡한 감정들로 인해 정신이 오롯해지는 상황이다.

박덕은의 그리움을 노래한 시편들은 시적 비의를 다양하게 해석할 수 있는 여지가 큰 텍스트이다. 그러므로 그의 시를 읽을 때는 시인이 어떤 의도로 시를 쓴 것인지 독자들은 알 필요가 없다. 오직 텍스트를 통해 해석하고 향유할 수 있도록 감상이 가능하기 때문이다. 그러므로 이 작품도 예외가 아니어서 앞에서 살펴보았던 절대자에 대한 신앙 고백의 의미로도 읽을 수 있는 이른바 다의성을 지닌 작품 형식을 갖추고 있다. 이러한 박덕은 시의 미덕은 시라는 장르가 추구하는 특성을 지녔다.

> 신으로서 / 할 말이 있습니까? // 한 번이라도 / 단 한 번
> 만이라도 / 운명의 짐으로 몸부림치는 / 우리의 눈물을 씻
> 어준 일 있습니까? / 손수건이 / 없어서입니까? / 게을러서
> 입니까? / 왜?
>
> －「둥지 높은 그리움·4」 전문

「둥지 높은 그리움 · 4」는 얼핏 보기에는 신적 존재와 수평적 관계에서 따지는 듯한 인상을 준다. 일반적으로 신적 존재인 절대자는 전지전능한 존재로 인식된다. 그럼에도 화자는 "신으로서 / 할 말이 있습니까?"라고 신에게 묻는다. 이러한 질문에 전제되는 것은 피조물이 "운명의 짐으로 몸부림치"는 것을 "단 한 번만이라도" "우리의 눈물을 씻어준 일" 없었기 때문일 것이다. 그래서 화자는 재차 "손수건이 / 없어서입니까? / 게을러서입니까?"라고 물으며, "왜?"라고 강하게 마치 다그치듯이 질문한다. 화자는 삶이 "운명의 짐으로부터 몸부림치"다가 그러한 삶이 너무 가혹하다고 여겼기 때문일 것이다. 시인은 이 작품을 통해 신에게 그저 되묻고 싶은 것만이 아니다. 시제 「둥지 높은 그리움」이 이를 암시하고 있다. 신적 존재는 높은 곳에 계시고 그를 바라보는 '우리'는 절대자에 대한 믿음을 가졌다고 할 수 있다. 화자가 가혹한 운명을 견디다 못해 그저 하소연하는 것일 뿐이다. 둥지 높은 곳에 계시는 그분에 대한 그리움을 드러내는 하나의 방법이기 때문이다. 신앙의 성숙은 언제나 신에 대한 회의로부터 시작되는 것을 박덕은은 너무나 잘 알고 있는 까닭이다.

앞에서 지적했듯이 박덕은 시의 특징은 다의성(多義性)이다. 특히 연시풍(戀詩風)의 작품에서 보다 의미를 확장해 읽어내기 알맞다. 「대화」 또한 다의성을 지니고 있다.

이상합니다 / 피부가 입을 열고 / 솜털이 말을 합니다 / 온몸이 느낌으로 / 대화를 나눕니다 // 당신입니까 // 한 모금의 술로도 / 곁에 다가와 / 언제나처럼 감싸주는 / 따스함 // 당신입니까 // 이대로 / 잠들고 싶습니다 / 꿈길에서 만난 / 안타까운 시간을 껴안고 / 그만 쉬고 싶습니다.

-「대화」 전문

언어는 문자와 음성언어, 즉 시각과 청각만이 언어라는 기호 역할을 하는 것이 아니다. 오감(伍感) 모두가 언어의 기호가 된다. 이 작품에서 촉각이미지인 "피부가 입을 열고 / 솜털이 말을" 한다고 한다. "온몸이 느낌으로 / 대화를 나"눈다고 한다. 그리고 미각이미지인 "한 모금의 술"로도 "곁에 다가와 / 언제나처럼 감싸주는 따스함"을 느낀다. 그런데 그것을 가능하게 하는 존재가 "당신입니까"라고 묻는다. 어쩌면 시적 화자는 삶에 지친 자일 것이다. 그런데 '당신'의 대상인 그의 손길이 느껴지는 '피부'와 '솜털', 그리고 '온몸'을 통해 어떤 메시지를 전해주는 것에 "잠들고 싶"다고 한다. "한모금의 술"도 '당신'이 시도하는 대화의 방식이기도 하다. 그런데 여기에서 화자는 '당신'의 따스한 손길의 대화를 통해 "안타까운 시간을 껴안고 / 그만 쉬고 싶"다고 말한다. 이 작품 또한 사랑하면서도 그리워하는 어떤 대상에 대한 사랑의 감정을 형상화시킨 것으로도 읽어낼 수 있다.

미치도록 / 詩를 쓰는 건 // 발끝으로 슬며시 들어와 / 폐부까지 찌르르 찌르는 // 그놈의 / 지독한 외로움 때문이야 // 미치도록 / 詩에 매달리는 건 // 누워 있으면 / 방바닥에서 솔솔 올라오는 // 그놈의 / 냉기 섞인 추억 때문이야 // 미치도록 / 詩를 깨물어 먹는 건 // 아무리 누르고 눌러도 / 목구멍까지 치밀어 올라오는 // 그놈의 / 불화살 같은 열정 때문이야.

-「사랑아 · 18」 전문

「사랑아」 연작시에도 위에서 밝힌 정서들을 다시금 곱씹고
있다. 「사랑아 · 18」을 읽는다. 박덕은은 시를 쓰게 된 배경을
공무원 시절 시장 골목으로 가려고 차를 멈추고 있을 때 대형
트럭이 뒤에서 빵빵대고 있어서 화가 치밀어 분노를 터뜨려 트
럭 앞에서 급정거하는 작은 사건을 경험한다. 빵빵대는 트럭에
게 항의하기 위해 자동차에서 내려 욕 한바가지를 쏟아 퍼붓는
자신의 모습에서 화를 쉽게 주체 못하는 아버지의 버럭증이 흐
르고 있음을 절감하며 스스로에게 실망하였다. 그러자 마음이
울적해 이후부터 시를 쓰기 시작했다고 한다.

> "시 속에 나의 감성과 분노와 홧병을 하나하나 풀어 녹여
> 냈다. 하고픈 말, 쌓여둔 응어리, 말 못할 내면 등을 시 속에
> 담아 한 올 한 올 끄집어냈다.
> 그러는 동안, 차츰 내면이 정화되어 갔다. 분노의 물줄기
> 도, 홧김에 저질렀던 막말도, 조급한 울렁증도 점차 해소되
> 어 갔다."

-「분노관리 이야기」, 서영, 2001

인용된 글에서 짐작할 수 있듯 그의 시는 일종의 견인시 성
격이 강하다. 시가 그에게는 정화기제 역할을 하고 있음을 알
수 있다.

「사랑아 · 18」에서 그가 미치도록 시를 쓰는 것은 "그놈의 /
지독한 외로움 때문이야"라고 토로하고 있다. 그리고 "그놈의
/ 냉기 섞인 추억 때문"이며, "아무리 누르고 눌러도 / 목구멍

까지 치밀어 올라오는" "그놈의 불화살 같은 열정 때문"이라고
한다. 이쯤에 이르면 참을 수 없는 분노의 감정을 극복하고 시
인 내면에 오랫동안 깃든 '외로움'이라거나 "냉기 섞인 추억"
으로 시적 발화 지점의 결이 조금 변화된 것을 알 수 있다.

> 비 오는 옥상에서 추억의 / 가장 향그런 순간을 만났지요
> // 지평선까지 끝없이 펼쳐진 / 푸른 보리밭이 철철철 보이
> 고 // 종달새 지저귀는 소리도 / 끊길 듯 아스라이 보이고
> // 유채꽃밭을 휘어도는 / 시냇물 소리도 굽이굽이 보이고
> // 손매듭 굵고 까칠한 주름손에 / 잡혀 끌려가는 울음보도
> 보이고 // 서산마루 당산나무에 걸린 / 애틋한 첫사랑의 서
> 성거림도 보이고 // 서낭당으로 향해 엉거주춤 / 매달려 가
> 던 상여 끝 실연도 보이고.
> － 「사랑아·117」 전문

초로에 든 박덕은의 시는 지나간 날들에 대한 그리움의 정서
도 얼비친다. 「사랑아·117」에서 화자는 "비 오는 옥상에서 추
억의 / 가장 향그런 순간을 만"난다. 물리적으로 옥상에서 보
일 리 만무하지만 그의 그리움은 왠지 슬픔의 정조가 흐른다.
"푸른 보리밭이 철철철 보이고" "종달새 지저귀는 소리도" 보
이고, "유채꽃밭을 휘어도는 / 시냇물 소리도 굽이굽이 보"인
다. 그리고 유년의 할머니쯤으로 보이는 "손매듭 굵고 까칠한
주름손"에 "잡혀 끌려가는 울음보도 보"인다. 뿐만 아니라 "서
산마루 당산나무에 걸린 / 애틋한 첫사랑의 서성거림"과 "서낭
당으로 향해 엉거주춤 / 매달려 가던 상여 끝 실연도 보"인다.
지난 시절의 애틋하지만, 슬프기조차 한 아름다운 날들을 회억
하는 화자의 심사가 그것도 "비 오는 옥상에서 추억의 / 가장

향그런 순간을 만"나게 되었을까. 비 오는 날은 왠지 청승떨고 싶은 감정이 일어나기 좋은 시간일지도 모른다. 추적추적 내리는 빗속에서 유년과 추억을 그리워하는 것은 그리움과 외로움 때문일 것이다. 박덕은이 이러한 정서의 뿌리에 깃든 것이 '사랑'이라고 하는 것은 그것이 설사 슬픈 추억일지라도 아름답다고 생각하는 까닭이다.

「사랑아」 연작시는 무려 600여 편에 이른다. 편편마다 사랑의 표정이 다른 것에서 박덕은의 깊은 외로움과 그리움의 감정들이 얼마나 간절한지를 느낄 수 있다. "교만도 싫다 / 계산도 싫다 // 다만 / 낭만 하나만 / 옆구리에 끼고서 / 가자"「사랑아」의 서시격인 「사랑아·1」에서 그의 사랑에 대한 표정과 태도를 짐작해 볼 수 있다. 그의 시가 정치성이나 이념을 모두 배제한 순수한 감정과 정신으로 시를 쓰고, 세상을 살아가고 있다는 것을 잘 보여준다.

지금까지 '사랑'을 중심 주제로 하여 '외로움'과 '그리움'의 정서를 드러낸 작품들을 앞에서 밝혔듯이 신적 존재에 대한 간절함으로도 읽을 수 있고, 사랑하는 대상에 대한 애틋한 마음 등 다의적으로 해석될 수 있는 다의적인 경향을 보여 왔다. 이에 비해 세월의 깊이가 더해질수록 내면에 깃든 깊은 외로움과 그리움의 감정을 더욱 현현하는 느낌을 준다. 이는 보다 인간적인 감정에 충실해지고 있다는 증거이며, 단독자 인간으로서의 근원적인 슬픔의 깊이가 더해지는 것으로 해석할 수 있다.

산자락이 / 하루에 한두 번씩 / 마을을 찾는 것처럼 // 그리움은 / 하루에 몇 번씩 / 당신을 찾아간답니다 // 비록 / 문 밖에서만 / 서성이다가 돌아오곤 하지만 / 하루도 빼지 않고 / 다녀오지요 // 귀찮게 할 생각도 / 괴롭힐 어떤 생각 도 없으니 / 안심하세요 // 다만 / 미치도록 애타하는 / 느 낌들의 반란을 / 잠시라도 잠재우기 위해서일 뿐 // 오늘도 / 찾아가는 쓸쓸한 길 / 오늘도 / 되돌아오는 외로운 길.

–「사랑 고백 · 1」 전문

「사랑 고백 · 1」에서 화자는 "하루에 한두 번씩 / 당신을 찾아간"다고 한다. 그러나 "문 밖에서만 / 서성이다가 돌아오곤" 하는 사랑이다. 미치도록 애타는 사랑의 감정을 안고 있지만 차마 사랑을 고백하지 못한다. 그러므로 화자의 사랑은 스토커의 사랑이 아니라 짝사랑이라고 해야 할 것 같다. "귀찮게 할 생각도 / 괴롭힐 어떤 생각도 없으니 / 안심하세요"라는 고백이 그것을 말해준다. 화자가 대상에 대한 사랑은 "미치도록 애타하는 / 느낌들의 반란을 / 잠시라도 잠재우기 위해서일 뿐"이다. 그러므로 "오늘도 / 찾아가는 쓸쓸한 길 / 오늘도 / 되돌아오는 외로운 길."이 아닐 수 없다. 순수하고 순결한 혼자만의 순애보적인 사랑인 것이다. 박덕은의 「사랑 고백」 연작은 실제의 어떤 대상에 대한 사랑이라기보다는 아름다운 사랑의 감정을 보다 표백하려는 정신적 의지의 발로에서 펼쳐지는 사랑이다. 그의 수많은 「사랑 고백」 연작을 읽게 되면 그것을 짐작할 수 있다.

「사랑고백 · 99」에서 흔히 만날 수 있는 연인들의 사랑의 과정에서도 쉽게 발견할 수 있다. 사랑하다가 오해가 생기는 일은 일상이다. 사랑하는 사람에 대한 오해로 인해 "가슴 끓이며

/ 누워 있"기 일쑤이다. 그럴 경우 이를 지켜보는 사람이 "너른 바다를 떠올려요 / 수많은 물결 안고 살아가는 / 저 늠름한 바다를 떠올"리라고 한다. "수많은 물결" 안은 바다는 서로 엉키고 있지만 '바다'라는 이름으로 하나가 되기 때문이다. "우뚝 솟은 산을 쳐다봐요" "힘들어 지칠지라도 / 인생 다 산 것처럼 / 시르죽한 표정 짓지 말아요"라고도 한다. 산은 "거대한 운무를 걸친 채" 우아한 모습을 잃지 않고, 들판은 "생동감 넘치는" 것에서 생동거리는 에너지를 잃지 말라는 위로와 용기를 북돋아준다.

박덕은의 '사랑'에 대한 뜨거운 감정은 「나를 사랑하나요?」에서는 진정한 사랑의 의미와 자신을 사랑하는지에 대한 질문을 대상에게 묻기도 한다. "나를 사랑하나요?"라고 직설적으로 묻는다. 그러면서 "날 자유롭게 해줘요" "무슨 짓을 하든 / 간섭하지 말아요"라고 묻는 것은 "난 / 날개 달린 철새"이기 때문이라면 흔히 볼 수 있는 보편적인 사랑의 행태에 대해 말한다. 단 "난 / 날개 달린 철새"라는 단서를 달아 사랑의 자유로움을 노래한다. 사랑의 모습은 이것뿐만이 아니다. "나의 본능을 / 짓누르지 마세요" "숨 쉬는 어떤 순간에도 / 날 꺼안아 주세요"라고 말한다. 자신의 감정에 충실한 사랑의 표정을 드러내는 것이다. 그리고 마침내 "난 / 열정에 약한 초콜릿"이라고 한다. '초콜릿'은 열기에 약하므로 뜨거운 사랑에 녹아버린다는 의미를 말함이다. 이처럼 박덕은의 '사랑'의 관념은 감정, 즉 본능에 충실하다.

　어떤 손길도 / 닿지 않은 숲 / 푸르름이 / 깔깔거리고 /

원시적 낭만이 / 꿈틀대는 곳 // 스스럼없이 / 원시족이 된
우리 / 가벼운 산책으로 / 시작한 데이트 / 삼림욕은 온 피
부에 / 애정의 향기를 발라주었다 // 간혹 주고받은 키스가
/ 솔바람까지 멈추게 하고 / 숨 멈출 듯한 설렘은 / 산새 울
음소리조차 / 풀숲 깊이 가라앉혀 버렸다.
                                    - 「온전한 사랑 · 77」 전문

그렇다면 박덕은의 사랑시편에서 '온전한 사랑'의 모습은
어떤 것일까? 「온전한 사랑」 연작시를 살펴본다. 「온전한 사
랑 · 77」에서 '우리'로 지칭되는 사랑하는 사람들은 "어떤 손길
도 / 닿지 않은 숲"으로 간다. 어떠한 손길도 닿지 않은 공간은
실제의 숲일 수도 있지만 둘만이 사랑을 나눌 수 있는 곳이다.
시적 상징으로서의 의미가 더 깊은 장소라고 할 수 있다. 그곳
은 "푸르름이 / 깔깔거리고 / 원시적 낭만이 / 꿈틀대는" 생명
성이 넘치는 때묻지 않은, 세속의 공간이 아니다. 그러므로 이
곳에서 '우리'는 "스스럼없이 / 원시족"이 될 수 있다. 그야말
로 지성소이며 누구의 간섭도 없는 곳에서 키스를 나눌 수 있
고 "숨 멈출 듯한 설렘은 / 산새 울음소리조차 / 풀숲 깊이 가
라앉"힌다. 성경 속의 에덴동산 같은 원시의 공간이며, 순수하
고 순결한 곳이다. 주지하다시피 현대문명에서는 이러한 유토
피아 같은 공간을 쉽게 만나지 못한다. 산새들도 소리를 죽이
는, 오직 사랑하는 두 사람만이 함께할 수 있고, 세상의 어떤
불화와 불안이 존재하지 않는 지성소가 아닐 수 없다. 그러므
로 현실에서 만날 수 없는 장소를 시인은 그리워하는 것이라고
할 수 있다. 박덕은 시인의 심연 깊숙이 깃든 결핍을 욕망하는
것이다.

생래적으로 박덕은의 내면에 깃든 욕망은 그가 갈구하는 어떤 지극한 그리움을 향한 힘으로 작용하는데, 「부치지 못한 편지」 연작도 이와 궤를 같이 한다.

저 빗줄기 좀 봐요 / 마치 발을 / 세워 쳐놓은 듯 / 굵게도 내리네요 // 피아노 건반을 / 요란히 치듯 / 아침 내내 내리네요 // 비어 있는 벤치엔 / 하얀 눈부심이 / 반짝이는데도 // 뜨락 한 켠에 / 피어난 능소화가 / 소란을 떨고 있는데도 // 잔디 위로 튀어오른 / 회한들이 / 종종걸음으로 / 아우성을 치고 있는데도 // 빗줄기는 좀처럼 / 수그러들지 않은 채 / 주룩주룩 내리네요 // 내 영혼 위로 내리는 / 폭포수처럼 / 눈물 콧물 가리지 않고 / 내리꽂는 / 내 안의 그리움처럼.

　　　　　　　　　　　　　　　－「부치지 못한 편지 · 48」 전문

「부치지 못한 편지 · 48」에서도 시적 배경이 비오는 날이다. 아침 내내 내리는 굵은 빗줄기가 시인의 마음을 어떤 감정으로 휘말리게 한 것일까. 그의 시편에서 자주 비 오는 날에 감정의 동요가 나타나는 까닭이다. 비가 내리면 "비어 있는 벤치엔 / 하얀 눈부심이 / 반짝이"고, "능소화가 / 소란을 떨고", "잔디 위로 튀어오른 / 회한들이 / 종종걸음으로 / 아우성을 치고 있"다. 그럼에도 "빗줄기는 좀처럼 / 수그러들지 않은 채 / 주룩주룩 내리"고 있다. 비가 내려 만물이 생기발양하여 생명성을 드러내는데, 화자의 내면에서는 그것들과는 상관없이 비가 주룩주룩 내리고 있다. 여기에서 온갖 만물에게 생명처럼 내리는 비는 실제로 일어나는 기상현상이라고 하면, 그 비를 바라보는 비는 화자의 마음속에 내리는 비는 영혼에 내리는 비이다. 실제의 비와 화자의 가슴속을 적시는 비의 간극에 박덕은의 깊은 고뇌와 그 고뇌를 유발한 결핍이 있다. 결핍은 한정없이 허전한 화자의 그리움이다. 그러므로 화자는 "내 영혼 위로 내리는 / 폭포수처럼 / 눈물 콧물 가리지 않고 / 내리꽂는 / 내 안의 그리움"이라고 토로할 수 있는 것이다. 그래서 박덕은이 시제를 「부치지 못한 편지」라고 한 것일지도 모른다. 심연 가득히 하고 싶은 말을 다하지 못하고 홀로 내리는 비를 통해 뜨겁고, 허전한 영혼에 주룩주룩 비를 맞는 경건한 의식을 치른다.

박덕은의 시편에서 '그리움'의 정서를 형상화시킨 작품은 아마 수천 편이 될 것이다. 무엇이 그를 이토록 그리움의 감정을 표출하게 했는지 구체적으로 알 수 없지만, 생래적으로 그는 그리움 때문에 외롭고 사랑을 갈구하고 가슴 아파하며 살아가는 마음이 매우 연약한 사람임이라는 것은 짐작하고도 남는다. 그리움 때문에 마치 울고 있는 어린아이 같다는 생각이 든다. '만약 그가 시를 쓰지 않았다면 어떻게 살아갈 수 있을까' 하는 염려와 함께 그가 시인이라는 사실이 참으로 다행스럽다. 그의 시편들을 통독하는 동안 그의 내면 깊숙이 깃든 쓸쓸함과 어떤 슬픔이 자꾸만 얼비친다.

박덕은은 수천 편 그리움의 시편을 쓰고도 때로는 찬물 같은, 때로는 뜨거운 눈물 같은 그리움이라는 우물물을 퍼내어도 끝이 없다.

「그리움아 · 4」에서 화자는 박덕은의 정신표정을 잘 보여준다. "요즘 들어 / 멍하니 허공만 쳐다보는 / 시간이 늘어나고 있"다고 한다. 그러면서 "나 지금 / 가장 들떠 있어요"라고 진

술한다. 그것은 화자의 마음 속에 '그리움' 때문에 애가 타고 있기 때문이다. 그 그리움의 대상은 아마 사랑하는 사람일 것이다. 그렇지만 그리움의 대상과는 단절된 관계로 유추가 가능하다. 사랑하는 사람이 곁에 있다면 "더위 속에서도 / 수박을 한 입 먹다가도 / 소낙비 속을 걷다가도 // 문득 멈춰 서서 / 천고의 고요 속으로 / 깊숙이 빠져들곤"하지 않기 때문이다. 시시때때로 그리운 사람을 떠올리며 생각에 드는 안타까운 상황이다. 그런 까닭에 그리움은 깊어질 수밖에 없다.

박덕은의 외로움과 그리움을 노래한 이른바 사랑시편들은 대부분 주된 정서로 작용한다. 「그리움아 · 11」에서도 마찬가지이다. "겨우 만난 / 인연의 고리인데 // 어떻게 놓쳐 / 어떻게 소홀히 해 / 어떻게 포기해"라는 우려와 함께 사랑을 잃을까 봐 불안한 심리상태를 보여준다. 그러므로 "우주의 에너지로도 / 녹일 수 없는 / 굳건한 만남이야"라며 스스로를 위로하며 만남의 정당성을 합리화시키고자 한다. 그러는 한편으로는 "놓치지 않을 거야 / 놓칠 수 없어 / 말도 안 돼"라고 하며 사랑을 지키려는 마음을 다독인다. 이러한 의식의 발로는 화자의 대상에 대한 순정한 마음과 간절한 마음이 내면에서 요동치고 있기 때문이라고 할 수 있다.

새벽같이 일어나 / 깃털처럼 가벼운 발걸음으로 / 산책길에 나섰네요 // 오솔길을 촉촉이 적시는 / 새소리들이 / 어쩜 그리 고울까요 // 종아리를 슬며시 스치는 / 풀이파리들이 / 어쩜 그리 사랑스러울까요 // 눈길의 촉감에 생기 주는 / 이슬방울들이 / 어쩜 그리 싱그러울까요 // 걷다가 뒤돌아보는 / 길게 꼬리 홀린 숲길이 / 어쩜 그리 평온할까요 //

웅얼웅얼 웅얼이며 / 목까지 치밀어 오르는 / 보고픔들이 /
어쩜 그리 신비로울까요 // 몇 번이나 손등으로 닦아내는 /
눈물들이 / 어쩜 그리 찬란할까요.
- 「그리움아 · 16」 전문

　「그리움아 · 16」에서는 앞에서 살펴보았듯이 사랑을 지키려
는 시적 화자의 순정한 마음과 함께 박덕은이 사랑에 대한 그
리움의 감정만이 아니라 순수 본향을 그리워하는 가장 맑은 감
정이 깃들어 있다. 화자는 새벽에 일어나 깃털처럼 가벼운 발
걸음으로 오솔길을 걷는다. 이때 들리는 새소리도 곱고 종아리
를 스치는 풀이파리들이 사랑스럽다. 이슬방울들이 싱그럽게
느껴지고 잠시 뒤돌아보는 숲길이 참으로 평온하다. 그런데 이
토록 행복한 산책길에서 "몇 번이나 손등으로 닦아내는 / 눈물
들이 / 어쩜 그리 찬란할까요."라고 묻는다. 화자가 걷는 숲길
은 하나는 정화기제이다. 정화된 마음속에서 대상에 대한 그리
움이 울컥 솟아나고, 그 그리움을 신비롭다고 하며, 손등으로
닦아내는 눈물조차 찬란하다고 한다. 이처럼 박덕은의 시편에
서 주된 정서로 표출되는 그리움은 정화된, 순수하고 순결한,
시인이 추구하는 세계에 대한 그리움이라고 할 수 있다.

　지금까지 살펴보았듯이 박덕은 시문학은 초기에는 시인 자
신을 둘러싼 세계에 대한 실존 탐구의 모습을 보여 주었다. 그
리고 기독교적 세계관에 대한 시편에서는 신앙고백의 성격을
드러낸 시편, 참된 신앙인으로 거듭나고자 하는 다양한 포즈가
주된 시적 세계였다. 이후 그의 시적 경향은 단독자 인간으로
서의 외로움과 거기에서 파생된 그리움의 감정이 시적 대상에
대한 사랑을 때로는 열정적으로 때로는 아프게 노래하고 있다.

이렇듯 끊임없이 사랑을 노래하는 시편을 수천 편을 쓰고도 목말라 하는 박덕은 시인의 노래는 아직도 그치지 않고 있다. 여기서 시적 대상은 절대자일 수도 있고, 사랑하는 누군가일 수도 있지만, 가장 순수하고 절대적인 존재일 수도 있다. 박덕은 시인의 세레나데는 고독한 그의 내면에서 울부짖는 하울링으로 이토록 간절한 노래를 들어본 적이 없다.

6

박덕은 프로필
및 저서 발간 현황

○ 박덕은 프로필

☎ 대한민국 010-4606-5673

✻ E-mail; herso@hanmail.net

· 대한민국 전남 화순 출생

· 전북대학교 문학박사

· 전) 전남대학교 인문대학 교수

· 전) 전남대학교 국어국문학과장

· 현) 대한시협 부회장

· 현) 한실문예창작 지도 교수

· 현) 새한일보 논설위원

· 현) 대한미협 부이사장

· 현) 서울일보 기자

· 시인

· 소설가

· 문학평론가

· 희곡작가

· 동화작가

· 수필가

· 시조시인

· 동시인

· 사진작가

· 사진작품 전시회 2회

· 제1회 한국예술문화대전 사진 대상 수상

· 제42회 대한민국 현대 미술대전 사진 금상 수상

· 제24회 대한민국 현대미술대전 사진 특선 수상

· 제41회 현대 미술대전 사진 특선 수상

· 제1회 국민행복 사진대전 대상 수상

· 제1회 한강 사진대전 대상 수상

· 사진 작가상 수상

· 화가

· 박덕은 서양화 개인전 3회

· 박덕은 서양화 초대전 3회

· 박덕은 서양화 단체전 50회

· 서울 인사동 인사아트프라자 갤러리 개인전

· 남촌미술관 박덕은 서양화 초대전

· 정읍시 박덕은 교수 서양화 초대전

· 광주 패밀리스포츠파크 갤러리 박덕은 서양화 초대전

· 한국노동문화예술협회 초대작가

· 대한민국유명작가전 초대작가

· 대한민국문화예술인총연합회 추천작가

· 제9회 대한민국예술대전 대상 수상

· 제33회 한국노동문화예술제 미술대전 대상 수상

· 제22회 올해의 작가 초대전 대상(한국예총상) 수상

· 제17회 국제종합예술대전 대상 수상

· 제48회 L.A. 페스티벌 미술대전 대상 수상

· 제32회 국제현대미술 우수작가전 대상 수상

· 한강 문화예술대전 대상(미술 훈장) 수상

· 제9회 한국창작문화예술대전 대상 수상

· 2021 국민행복 미술대전 대상 수상

· 2020 제주국제미술관 유채꽃 미술대전 대상 수상

· 2022 여울 미술대전 대상 수상

· 2022 소망나비 미술대전 대상 수상

· 2022 대동강 미술대전 대상

· 제17회 국제종합예술대전 금상 수상

- 제17회 국제종합예술대전 우수상 수상
- 제17회 국제종합예술대전 특선 수상
- 제46회 충청북도 미술대전 서양화 수상
- 2021 대한민국 한석봉 미술대전 금상 수상
- 2021 대한민국 한석봉 미술대전 은상 수상
- 제17회 평화미술대전 서양화 입상
- 제53회 전라북도 미술대전 서양화 특선 수상
- 제14회 대한민국낙동예술대전 서양화 특선 수상
- 제14회 대한민국낙동예술대전 서양화 입상
- 제9회 한국창작문화예술대전 서양화 특선 수상
- 2021 대한민국 나비미술대전 한국예총상 수상
- 제12회 3 • 15 미술대전 서양화 입상
- 2021 대한민국 생활미술대전 서양화 특별상 수상
- 2021 대한민국 생활미술대전 서양화 입상
- 제10회 국제기로 미술대전 서양화 금상 수상
- 제6회 무궁화서화대전 서양화 금상 수상
- 제6회 무궁화서화대전 서양화 특선 수상
- 제19회 대한민국 회화대상전 서양화 특별상 수상
- 제19회 대한민국회화대상전 서양화 특선 수상
- 제41회 국제현대미술대전 서양화 동상 수상
- 제41회 국제현대미술대전 서양화 입상
- 제13회 국제친환경현대미술대전 서양화 특선 수상
- 제13회 국제친환경현대미술대전 서양화 입상
- 제38회 대한민국신미술대전 서양화 특선 수상
- 제56회 인천 미술대전 서양화 입상
- 2020 음성 명작페스티벌 회화 동상 수상
- 제1회 청송야송 미술대전 서양화 특선 수상
- 제16회 온고을 미술대전 서양화 특선 수상
- 제5회 무궁화 서화대전 서양화 금상 수상

· 제41회 현대 미술대전 비구상 입상
· 제1회 청송야송 미술대전 서양화 특선 수상
· 제13회 힐링 미술대전 서양화 입상
· 제52회 전라북도 미술대전 서양화 특선 수상
· 제6회 모던아트 대상전 서양화 특선 수상
· 제5회 무궁화 서화대전 서양화 동상 수상
· 제5회 무궁화 서화대전 서양화 특선 수상
· 제8회 아트챌린저 서양화 특선 수상
· 제30회 어등 미술대전 서양화 입상
· 제48회 강원 미술대전 서양화 특선 수상
· 제48회 강원 미술대전 서양화 입상
· 제36회 무등 미술대전 서양화 입상
· 제24회 관악 현대미술대전 서양화 입상
· 2020 예끼마을 미술대전 서양화 입상
· 제1회 천성 문화예술대전 서양화 특선 수상
· 제1회 천성 문화예술대전 서양화 입상

· 한국시연구회 이사
· 《한국아동문학》 동화분과위원장
· 《녹색문단》 이사
· 《문학사랑신문》 고문
· 한국노벨재단 이사
· 서울예술상 문학 대상 수상
· 대중문화예술 대상 수상
· 미술작가상 수상
· 사랑비 미술 대상 수상
· 예술 훈장상 수상
· 공로 훈장상 수상
· 문화 훈장상 수상

· 출판 훈장상 수상

· 미술 훈장상 수상

· 문학 훈장상 수상

· 수필 훈장상 수상

· 국민 공로상 수상

· 세계 평화상 수상

· 사회 봉사상 수상

· 무궁화 훈장상 수상

· 전시 훈장상 수상

· 문학평론 훈장상 수상

· 한국문학지도자 훈장상 수상

· 번역 훈장상 수상

· 8·15 예술대상 수상

· 재능나눔공헌 대상 수상

· 서울특별시의원 의장상 수상

· 광주문인협회 특별공로상 수상

· 광주시인협회 공로상 수상

· 광주광역시장 공로 표창장 수상

· 뉴스투데이(2010년 5월호) 커버스토리

· 위대한 대한민국인(2020년 10월호) 커버스토리

· 전국 박덕은 백일장 개최

· 부드런 문학회 지도 교수

· 향그런 문학회 지도 교수

· 방그레 문학회 지도 교수

· 푸르른 문학회 지도 교수

· 탐스런 문학회 지도 교수

· 싱그런 문학회 지도 교수

· 둥그런 문학회 지도 교수

· 온스런 문학회 지도 교수
· 떠오른 문학회 지도 교수
· 포시런 문학회 지도 교수
· 꽃스런 문학회 지도 교수
· 꿈스런 문학회 지도 교수
· 예스런 문학회 지도 교수
· 참다운 문학회 지도 교수
· 씨밀레 문학회 지도 교수
· 바로 문학회 지도 교수

· 중앙일보 신춘문예 문학평론 당선
· 전남일보(現:광주일보) 신춘문예 동화 당선
· 새한일보 신춘문예 시 당선
· 동양문학 신춘문예 시 당선
· 김해일보 시민문예 남명문학상 시 당선(제1회)
· 창조문학신문 신춘문예 성시 당선
· 사이버 중랑 신춘문예 시 당선
· 경북일보 호미 문학상 수필 당선
· 《시문학》 시 추천 완료
· 《문학공간》 소설 추천신인상 수상
· 《문학세계》 희곡 신인문학상 수상
· 《아동문예》 소년소설 신인문학상
· 《문예사조》 수필 신인문학상 수상
· 《시와 시인》 시조 청학신인상 수상
· 《아동문학평론》 동시 신인문학상
· 《아동문학》 동시 신인문학상 수상
· 《문학공간》 본상(장편소설) 수상
· 위대한 대한민국 국민대상(문학발전부문) 수상
· 대한민국 창작집 출판 대상 수상

· 김현승 문학상 수상

· 항공 문학상 우수상(시) 수상

· 여수해양 문학상(시) 수상

· 문학세계 문학상 대상(동화) 수상

· 타고르 문학상 작품상(시) 수상

· 타고르 문학상 대상(문학평론) 수상

· 윤동주 문학상 대상(문학평론) 수상

· 윤동주 문학상 우수상(시) 수상

· 모산문학상 대상(시) 수상

· 대한시협 문학상 대상(수필) 수상

· 시인마을 문학상 대상(시) 수상

· 문화예술 대상 수상

· 2023 한국노동문화국제예술제 아름다운 문학대상 수상

· 제2회 빛고을 문학상 수상

· 문학사랑 문학상 대상(시) 수상

· 한하운 문학상(시) 수상(제1회)

· 계몽사 아동문학상(동시) 수상

· 사하 모래톱 문학상(수필) 수상

· 한국문예 문학상(시) 수상(제1회)

· 한국아동문화상(동시) 수상

· 한국아동문예상(동화) 수상

· 오은 문학상 특별 문학 대상(시) 수상

· 큰여수신문 문학상 특별 대상(시) 수상

· 광복절 문학상 대상(시) 수상

· 제헌절 문학상 대상(시) 수상

· 아동문예작가상(동시) 수상

· 광주문학상 수상(제1회)

· 전라남도 문화상 수상(제35회)

· 노계 문학상 이사장상(시) 수상

- 생활문예대상(수필) 수상
- 한양 도성 문학상(시) 수상
- 지구사랑 문학상(시) 수상
- 한화생명 문학상(시) 수상
- 경기 수필 문학상(수필) 수상
- 우리숲 이야기 문학상(수필) 수상
- 부산진 시장 문학상(시) 수상
- 이준 열사 문학상(시) 수상
- 안정복 문학상 은상(시) 수상(제1회)
- 커피 문학상 금상(시) 수상
- 독도 문학상(시) 수상
- 백두산 문학상(시) 수상
- 한라산 문학상(시) 수상
- 금강산 문학상(시) 수상
- 연해주 문학상(시) 수상
- 대동강 문학상(시) 수상
- 진달래 문학상 시 대상 수상
- 한민족문예제전 최우수상(시) 수상
- 공주 시립도서관 문학상(시) 수상
- 아리 문학상(수필) 수상
- 인문학 문학상(수필) 수상
- E마트 문학상(수필) 수상
- 샘터 시조 문학상(시조) 수상
- 이야기 문학상(수필) 수상
- 부산문화글판 공모전 수상
- 정읍 문학상(시) 수상
- 효 문화 콘텐츠 문학상 우수상(시) 수상
- 삼행시 문학상 은상(시) 수상(제1회)
- 샘터 수필 문학상(수필) 수상

· 대한민국 수필대전 대상 수상
· 한강 문학상 대상 수상
· 한강 거리전시 시비 대상 수상
· 한강 문학상 문학평론 대상 수상
· 겨울눈꽃 문학상 수상
· 하늘꽃 문학상 수상
· 대한민국 창작대전 시화 대상 수상
· 대한민국 창작대전 수필 대상 수상
· 이병주 하동 디카시 국제 문학상 수상(제1회)
· 경남 고성 디카시 문학상 수상(제1회)
· 서울 디카시 문학상 수상(제1회)
· 현대시문학상 디카시 문학상 수상(제1회)
· 사랑비 디카시 문학상 대상 수상(제1회)
· 《문학공간》 디카시 문학상 대상 수상(제1회)
· 오은문학 디카시 문학상 대상 수상(제1회)
· 봉평 디카시 대전 대상 수상(제1회)
· 철쭉꽃 문학상 디카시 대상 수상(제1회)
· 소망나비 디카시대전 대상 수상(제1회)
· 대동강 디카시대전 대상 수상(제1회)
· 대한민국 창작대전 디카시 문학상 대상 수상
· 치유 문학상 디카시 최우수상 수상
· 산해정 문학상 디카시 베스트상 수상
· 디카시 훈장상 수상(제1회)
· 윤동주별문학상(시) 수상
· 사육신 문학상(시) 수상
· 삼보 문학상(시) 수상
· 황금펜 문학상(시) 수상
· 한미 문학상(시) 수상
· 황금찬 문학상(시) 수상

- 유관순 문학상(시) 수상
- 시조 문학상(시조) 수상
- 한강 문학상(시) 수상
- 청계 문학상(시) 수상
- 세종문예 문학상(시) 수상
- 남명문화제 시화문학상(제3회) 국회의원상 수상
- 시인이 되다 빛창 문학상(시) 수상
- 제헌절 삼행시 대상(삼행시) 수상
- 국민행복여울 문학상 금상(삼행시) 수상
- 전국 기록사랑 백일장 금상(시) 수상
- 전국 상록수 백일장 장원(시) 수상
- 전국 김영랑 백일장 대상(시) 수상
- 전국 밀양아리랑 백일장 장원(시) 수상
- 전국 김소월 백일장 준장원(시) 수상
- 전국 박용철 백일장 특선(시) 수상
- 전국 박용철 백일장 특선(수필) 수상
- 전국 영산강 백일장 우수상(시) 수상
- 전국 서래섬배 (시) 수상
- 전국 평택사랑 백일장(시) 수상
- 전국 만해 한용운 백일장(시) 수상
- 전국 이효석 백일장(수필) 수상
- 전국 한강 백일장 장원(시) 수상
- 전국 미당 서정주 백일장(시) 수상
- 글나라 백일장 우수상(수필) 수상
- 문학이론서『현대시창작법』등 12권, 시집 [당신』등 26권, 수필집 창문을 읽다』등 4권, 소설집 황진이의 고독』등 7권, 아동문학서 살아 있는 그림』등 11권, 번역서 소설의 이론』등 5권, 건강서 미네랄과 비타민』등 5권, 교양서 세계를 빛낸 사람들』등 59권, 총 저서 124권 발간

★박덕은의 저서

* 박덕은 문학 이론서
제1문학이론서 『현대시창작법』
제2문학이론서 『현대 소설의 이론』
제3문학이론서 『문학연구방법론』
제4문학이론서 『소설의 이론』
제5문학이론서 『현대문학비평의 이론과 응용』
제6문학이론서 『문체론』
제7문학이론서 『문체의 이론과 한국현대소설』
제8문학이론서 『한국현대소설의 이론과 적용』
제9문학이론서 『시의 이론과 창작』
제10문학이론서 『해금작가작품론』
제11문학이론서 『시인 신석정 연구』
제12문학이론서 『시 속에 흐르는 광주 정신』

* 박덕은 시집
제1시집 『바람은 시간을 털어낸다』
제2시집 『거시기』
제3시집 『무지개 학교』
제4시집 『케노시스』
제5시집 『길트기』
제6시집 『간힘의 비밀』
제7시집 『소낙비 오는 정오에』
제8시집 『자유人.사랑人』
제9시집 『나찾기』
제10시집 『지푸라기』
제11시집 『동심이 흐르는 강』
제12시집 『자그만 숲의 사랑 이야기』

제13시집 『사랑한다는 것은』
제14시집 『느낌표가 머무는 공간』
제15시집 『그대에게 소중한 사랑이 되어·1』
제16시집 『그대에게 소중한 사랑이 되어·2』
제17시집 『둥지 높은 그리움』
제18시집 『곶감 말리기』
제19시집 『사랑의 블랙홀』
제20시집 『나는 그대에게 늘 설레임이고 싶다』
제21시집 『내 가슴이 사고 쳤나 봐』
제22시집 『당신』
제23시집 『나는 매일 밤 바람과 함께 사라진다』
제24시집 『Happy Imagery』
제25시집 『독도』
제26시집 『당신의 저녁이 되고픈 날』
제27시집 『박덕은 시선집 ; 사랑의 힘』

＊**박덕은 수필집**
제1수필집 『창문을 읽다』
제2수필집 『Read a window』
제3수필집 『5·18』
제4수집필 『바닥의 힘』

＊**박덕은 소설집**
제1소설집 『죽음의 키스』
제2소설집 『양귀비의 고백』(풍류여인열전·1)
제3소설집 『황진이의 고독』(풍류여인열전·2)
제4소설집 『일타홍의 계절』(풍류여인열전·3)
제5소설집 『이매창의 사랑일기』(풍류여인열전·4)
제6소설집 『서울아라비안나이트』

제7소설집 『금지된 선택』

*박덕은 번역서
제1번역서 『소설의 이론』
제2번역서 『철학의 향기』
제3번역서 『사랑하는 사람 가슴에 싶어주고픈 말』
제4번역서 『철학자의 터진 옷소매』
제5번역서 『세계 반란사』

*박덕은 아동문학서
제1아동문학서 『살아있는 그림』
제2아동문학서 『3001년』
제3아동문학서 『무지개학교』
제4아동문학서 『동심이 흐르는 강』
제5아동문학서 『곶감 말리기』
제6아동문학서 『서울 걸리버 여행기』
제7아동문학서 『돼지의 일기』
제8아동문학서 『해외 신화』
제9아동문학서 『마녀 헤르소의 모험』(상)
제10아동문학서 『마녀 헤르소의 모험』(하)
제11아동문학서 『들개의 길』

*박덕은 교양서
제1교양서 『해학의 강』
제2교양서 『바보 성자』
제3교양서 『미네르바의 부엉이는 황혼녘에 날은다』
제4교양서 『멋진 여자, 멋진 남자』
제5교양서 『우화 천국』
제6교양서 『나만 불행한 게 아니로군요』

제36교양서 『세계를 빛낸 문학가』

제37교양서 『세계를 빛낸 철학가』

제38교양서 『세계를 빛낸 사상가』

제39교양서 『세계를 빛낸 공연가』

제40교양서 『해외 신화』

제41교양서 『읽으면 행복한 책』

제42교양서 『세기의 로맨스·1』

제43교양서 『세기의 로맨스·2』

제44교양서 『세기의 로맨스·3』

제45교양서 『세기의 로맨스·4』

제46교양서 『우리 명작 소설 50선』

제47교양서 『세계를 움직이는 명작 소설 50선』

제48교양서 『이솝 우화』(공저)

제49교양서 『나는 화려한 물음표보다 정직한 느낌표를 만드는 사람이 더 좋다』

제50교양서 『신은 우리의 키스 속에도 있다』

제51교양서 『대학가의 해학퀴즈 모음집』

제52교양서 『뽕따일보』

제53교양서 『도토리 서 말』

제54교양서 『위트』

제55교양서 『청춘이여 생각하라』

제56교양서 『성공 DNA』 제1권

제57교양서 『성공 DNA』 제2권

제58교양서 『마음을 비우는 지혜』

제59교양서 『신은 우리 키스 속에도 있다』

＊박덕은 건강서

제1건강서 『내 몸에 꼭 맞는 영양 가이드』

제2건강서 『비타민과 미네랄, & 떠오르는 영양소』

제3건강서 『내 몸에 꼭 맞는 다이어트-제1권 비만 원인』

제4건강서 『내 몸에 꼭 맞는 다이어트-제2권 비만 탈출』
제5건강서 『내 몸에 꼭 맞는 항암 식품』

- 이상 총 저서 125권 발간

Park Deok-eun's profile

☎ Repubiken Korea +82-10-4606-5673

✱ E-mail; herso@hanmail.net

· Born July 8, 1952

· Born in Hwasun, Jeollanam-do, South Korea

· Jeonbuk National University's Doctor of Literature

· Ex) Professor at Jeonnam National University

· Ex) Jeonnam National University, Director of Department of Korean Language and Literature

· Current) Vice President of Korean Poets Association

· Current) Hansil Literature Creation Professor

· Current) Saehan Ilbo Editorial Writer

· Current) Essay serialization in JeonnamMaeil newspaper

· Current) GwangjuMaeil newspaper critique serialization

· Literature Master of Asian

· Poet

· Novelist

· Literature Critic

· Playwright

· Fairy tale Writer

· Essayist

· Sijo Poet

· Poet for Children

· Photographer

· Photo Exhibition (Once)

- Grand Prize in Photography at the 1st Korea Arts and Culture Competition
- 17th International Comprehensive Art Competition Grand Prize
- The 42nd Korea Contemporary Art Competition Photography Gold Award
- The 24th Korea Contemporary Art Competition Photography Special Award
- The 41st Contemporary Art Contest Photography Award
- National Happiness Photo Contest Grand Prize
- Han River Photo Contest Grand Prize Winner
- 2022 Han River Photo Contest Grand Prize Winner
- Photographer Award

- Painter
- Park Deok-eun Solo Exhibition of Western painting
- Park Deok-eun Invitation Exhibition (3 times)
- Park Deok-eun Western painting, Team Exhibition (50 times)
- Individual Exhibition of Insa Art Plaza Gallery in Insa-dong, Seoul.
- Namchon Art Museum, Park Deok-eun Invitation Exhibition for Western painting.
- Jeongeup City, Professor Park Deok-eun Drawing Invitation Exhibition
- Gwangju Family Sports Park Gallery, Park Deok-eun, Invitation Exhibition
- Korea Labor Culture and Art Association, Invitation Artist
- Korea's Famous Artists Exhibition, Invitation Artist
- Federation of Korean Culture and Artist, Recommended Artist
- 9th Korea Art Competition Grand Prize
- 33rd Korea Labor Culture and Art Festival Art Competition Grand Prize
- 22nd Artist of the Year Invitational Exhibition Grand Prize (Korean Artist

Prize)
- 17th International Art Competition Grand Prize
- 48th L.A. Awarded Grand Prize in Art Competition
- International Contemporary Art Artist Exhibition, Grand Prize Winner
- 2021 Biennale Art Exhibition, Grand Prize Winner
- 9th Korea Creative Culture and Art Competition, Western Painting, Grand Prize Winner
- 2022 Grand Prize at the Hangang Culture and Arts Competition - the Order of Art
- 2021 Grand Prize at National Happiness Art Contest
- 2020 Jeju International Museum of Art, Uchae Flower Art Exhibition, Grand Prize Winner
- 2022 Yeoul Art Competition Grand Prize
- 2022 Hope Butterfly Art Contest Grand Prize
- 17th International Comprehensive Art Competition Gold Award
- 17th International Comprehensive Art Competition Excellence Award
- 17th International Comprehensive Art Competition Special Selection (1) Award
- 17th International Comprehensive Art Competition Special Selection (2) Award
- 46th Chungcheongbuk-do Art Exhibition Award, Western Painting, Gold Prize Winner
- 2021 Korea Han Seokbong Art Contest, Gold Prize Winner
- 2021 Korea Han Seokbong Art Contest, Silver Prize Winner
- 2022 Daedonggang Art Competition Grand Prize Winner
- 17th Peace Art Contest, Western Painting, Winner (1)
- 17th Peace Art Contest, Western Painting, Winner (2)
- 53rd Jeollabuk-do Art Exhibition, Western Painting, Special Prize Winner
- 14th Korea Nakdong Art Contest, Western Painting, Special Prize Winner

- 14th Korea Nakdong Art Contest, Western Painting, Winner
- 9th Korea Creative Culture and Art Contest, Western Painting, Special Prize Winner
- 2021 Korea Butterfly Art Contest, the Korean Art Association Prize Winner
- 12th March 15th Art Contest, Western painting, Winner
- 2021 Korea Life Art Contest, Western Painting, Special Prize Winner
- 2021 Korea Life Art Contest, Western painting, Winner
- 10th International Giro Art Contest, Western Painting, Gold Prize Winner
- 6th Mugunghwa Calligraphy Contest, Western Painting, Gold Prize Winner
- 6th Mugunghwa Calligraphy Contest, Western Painting, Special Prize Winner (1)
- 6th Mugunghwa Calligraphy Contest, Western Painting, Special Prize Winner (2)
- 19th Korea Painting Contest, Western Painting, Special Prize Winner
- 19th Korea Painting Contest, Western Painting, Special(Specific) Prize Winner
- 41st International Contemporary Art Contest, Western Painting, Bronze Prize Winner
- 41st International Contemporary Art Contest, Western Painting, Winner (1)
- 41st International Contemporary Art Contest, Western Painting, Winner (2)
- 41st International Contemporary Art Contest, Western Painting, Winner (3)
- 41st International Contemporary Art Contest, Western Painting, Winner (4)
- 13th International Eco-Friendly Contemporary Art Contest, Western Painting, Special Prize Winner
- 13th International Eco-Friendly Contemporary Art Contest, Western painting, Winner
- 38th Korea New Art Contest, Western Painting, Special Prize Winner

- 56th Incheon Art Contest, Western painting, Winner
- 2020 Eumseong Masterpiece Festival, Bronze Prize Winner
- 1st Cheongsong Yasong Art Contest, Western Painting, Special Prize Winner
- 16th Ongoeul Art Contest, Western Painting, Special Prize Winner
- 5th Mugunghwa Calligraphy Contest, Western Painting, Gold Prize Winner
- 41st Modern Art Contest, Non-concrete Painting, Winner
- 13th Healing Art Contest, Western Painting, Special Prize Winner
- 52nd Jeollabuk-do Art Contest, Western Painting, Special Prize Winner
- 6th Modern Art Contest, Western Painting, Special Prize Winner
- 5th Mugunghwa Calligraphy Contest, Western Painting, Bronze Prize Winner
- 5th Mugunghwa Calligraphy Contest, Western Painting, Special Prize Winner
- 8th Art Challenger, Western Painting, Special Prize Winner (1)
- 8th Art Challenger, Western Painting, Special Prize Winner (2)
- 30th Eodeung Art Contest, Western painting, Winner
- 48th Gangweon Art Contest, Western Painting, Special Prize Winner
- 48th Gangweon Art Contest, Western Painting, Winner
- 36th Mudeung Art Contest, Western painting, Winner
- 24th Gwanak Contemporary Art Contest, Western painting, Winner
- 2020 Yekki Village Art Contest, Western Painting, Winner
- 1st Cheonseong Culture and Art Contest, Western Painting, Special Prize Winner
- 1st Cheonseong Culture and Art Contest, Western Painting, Winner

- Director of the Korean Poetry Research Association
- Korean Children's Literature, Fairy Tale Subcommittee Chairman
- Director of Green Literature
- Literature Love Newspaper Advisor

- Director of the Korea Nobel Foundation
- Seoul Arts Awards Literature Grand Prize
- Popular Culture and Arts Grand Prize Winner
- Winning the Artist Award.
- Love Rain Art, Grand Prize Winner
- Order of Essay Award Winner
- Order of Azalea Award Winner for Literature
- Order of Merit Award Winner
- Order of Cultural Merit Award Winner
- Order of Merit for Publishing Award Winner
- Awarded the Order of Mugunghwa of Korea
- Exhibition decoration award
- Literary Criticism Medal
- Korean Literature Leader Medal of Merit
- Translation Medal
- Awarded the Order of Translation
- Talent Sharing Contribution Grand Award Winner
- Western Painting Medal Award
- Photo Medal award
- National Achievement Award Winner
- World Peace Award Winner
- 8.15 Art Grand Prize
- Social Service Award Winner
- The Seoul City Council Chairman's Award
- The Gingju Writers Association Special Achievement Award
- The Gwangju City Writers Association's Contribution Award
- Gwangju Metropolitan City Mayor Awarded for Achievement.
- [News Today] (May 2010 issue) Cover Story
- [The Great Korean] (2020 October issue) Cover Story.

- Budreon Literature Society Instructor Professor
- Hyangreon Literature Society Instructor Professor
- Purreun Literature Society Instructor Professor
- Tamsreon Literature Society Instructor Professor
- Singgreon Literature Society Instructor Professor
- Dunggreon Literature Society Instructor Professor
- Onsreon Literature Society Instructor Professor
- Ddeoreun Literature Society Instructor Professor
- Fosireon Literature Society Instructor Professor
- Ggotsreon Literature Society Instructor Professor
- Yessreon Literature Society Instructor Professor
- Chamdaun Literature Society Instructor Professor
- Simile Literature Society Instructor Professor
- Baro Literature Society Instructor Professor
- National Park Deok-eun Literary Contest Opening

- [Jungang Ilbo] New Year Literature Award Winner (Review)
- [Jeonnam Ilbo] (Current: Gwangju Ilbo) New Year Literature Award Winner (Fairy Tale)
- [Saehan Ilbo] New Year Literature Award Winner (Poetry)
- [Dongyang Literature] New Year Literature Award Winner (Poetry)
- [Kimhae Ilbo] Citizen Literature Nammyeong Literature Award winner (the 1st)
- [Changjo Literature Newspaper] New Year Literature Award Winner
- [Cyber Jungrang] New Year Literature Award Winner (Poetry)
- [Gyeongbuk Ilbo] Homie Literature Award Winner (Essay)
- [Poetry literature] Poetry Recommendation completed.
- [Literature Space] Winning the Rookie of the Year Award for Novel Recommendation Award.

- [World of Literature] Rookie of the Year Literature Award (Play)
- [Children's Literature] Boy Novel Rookie Literature Award
- [Literature Trend] Rookie Literature Award (Essay)
- [Poet and Poem] Cheonghak Rookie of the Year Award (Sijo)
- [Children's Literature Review] Rookie Literature Award (Children Poetry)
- [Children's Literature] Rookie of the Year Award (Children Poetry)
- [Literature space] Main Prize Winner (Full-length Novel).
- Greatest Korean Award Prize Winner (Literature Development Division)
- The Grand Prize in Korea Creative Book Publication
- Korea Peace Literature Award Grand Prize
- Kim Hyun-seung Literary Award
- Aviation Literature Award Winner
- Yeosu Maritime Literature Award Winner (Poetry)
- Literature World Literature Award Winner (Fairy Tale)
- Tagore Literature Award, A Prize Winner For Works (Poetry)
- Tagore Literature Award, Grand Prize Winner (literature Review)
- Yun Dongju Literature Award, Grand Prize Winner (Literature Review)
- Yun Donju Literature Award, Good Prize Winner (Poetry)
- Mosan Literature Award, Grand Prize Winner (Poetry)
- Korean Poetry Association Literature Award, Grand Prize Winner (Essay)
- [Poet Village] Literary Award Grand Prize(Poetry)
- Culture and Art Award, Grand Prize Winner
- 2023 Korea Labor Culture International Arts Festival Beautiful Literature Award
- The 2nd Bitgoeul Literary Award
- Constitution Day Literature Award, Grand Prize Winner (Poetry)
- Literature Love Literature Award, Grand Prize winner (Poetry)
- Hanhaun Literature Award Winner (Poetry) (the 1st)
- Gyemongsa, Children's Literature Award Winner (Poetry)

- Saha Sandbar Literature Award Winner (Essay)
- Korean Literature, Literature Award Winner (Poetry) (1st)
- Korean Children's Culture Award Winner (Children Poetry)
- Korean Children's Literary Award Winner (Fairy Tale)
- Oheun Literature Award, Special Literature Grand Prize Winner (Poetry).
- Big Yeosu Newspaper Literature Award, Special Grand Prize Winner
- Liberation Day Literature Award, Grand Prize Winner (Poetry)
- Constitution Day Literature Award, Grand Prize Winner (Poetry)
- Children's Literary Artist Award Winner(Children Poetry)
- Gwangju Literature Award Winner (the 1st)
- Jeollanam-do Culture Award Winner
- Nogye Literature Award, Chairman of the Board Award Winner (Poetry)
- Life Literary Art Award Winner (Essay)
- Hanyang City Literature Award Winner (Poetry)
- Earth Love Literature Award Winner (Poetry)
- Hanwha Life Insurance Literature Award Winner (Poetry)
- Gyeonggi Essay Literature Award Winner (Essay)
- Our Forest Story Literature Award Winner (Essay)
- Busanjin Market Literature Award Winner (Poetry)
- Lee Joon Patriot Literature Award Winner (Poetry)
- Ahn Jeongbok Literature Award, Silver Prize Winner (Poetry) (1st)
- Coffee Literature Award, Gold Prize Winner (Poetry)
- Dokdo Literature Award Winner (Poetry)
- Baekdusan(Mt) Literature Award Winner (Poetry)
- Hallasan(Mt) Literature Award Winner (Poetry)
- Geumgangsan(Mt) Literature Award Winner (Poetry)
- Yeonhaejoo Literature Award Winner (Poetry)
- Daedong-gang(River) Literature Award Winner (Poetry)
- Poetry Grand Prize at the Azalea Literary Award

- Korean literature Festival, Grand Prize Winner (Poetry)
- Gongju City Library Literature Award Winner (Poetry)
- Ari Literature Award Winner (Essay)
- Humanities Literature Award Winner (Essay)
- E-Mart Literature Award Winner (Essay)
- Saemteo Sijo Literature Award Winner (Sijo).
- Story Literature Award Winner (Essay)
- Busan Culture Geulpan(Writing Board) Contest Winner
- Jeongeup Literature Award (Poetry)
- Hyo(Filial Piety) Culture Contents Literature Award, Good Prize Award Winner (Poetry)
- Three-lined Poem Literature Award, Silver Prize Winner (Poetry) (1st)
- Saemteo Essay Literature Award Winner (Essay)
- Korea Essay Contest Grand Prize Winner
- Han River Literary Award Grand Prize Winner
- Received Grand Prize at Hangang Street Exhibition
- Received the Grand Prize in Literature Criticism at the Hangang Literary Award Winner
- Winter Snow Flower Literature Award Winner
- Sky Flower Literary Award Winner
- 2022 Korea Creative Exhibition Sihwa Grand Prize Winner
- 2022 Korea Creative Contest Essay Grand Prize Winner
- Lee Byeongjoo Hadong International Dicasi Literature Award Winner (1st)
- Gyeongnam Goseong Dicasi Literature Award Winner (1st)
- Seoul Dicasi Literature Award Winner (1st)
- Hyundai Poetry Literature Award, Dicasi Literature Award Winner (1st)
- Sarangbi Dicasi Literature Award, Grand Prize Winner (1st)
- [Oh Eun Literature] The Dicasi Literary Award Winner (1st)
- [Literary Space] The Dicasi Literary Award Winner (1st)

· Bongpyeong Dicasi competition Grand Prize Winner (1st)
· Cheoljjug Literary Award Dicasi Grand Prize Winner (1st)
· 2022 Hope Butterfly Dikasi Grand Prize Winner (1st)
· Daedonggang Dikasi Competition Grand Prize (1st)
· The Grand Prize of the Decasi Literary Award at the Korea Creative Arts Award Winner
· Healing Literature Award Dicasi Grand Prize Winner
· The Sanhaejeong Literary Award Dicasi Best Award
· The Order of Merit from Dicasi Winner (1st)
· Yun Dongju Star Literature Award Winner (Poetry)
· Sayuksin(Dead Six Martyrs) Literature Award Winner (Poetry)
· Sambo Literature Award Winner (Poetry)
· Golden Pen Literature Award Winner (Poetry)
· Hanmie Literature Award Winner (Poetry)
· Whang Geumchan Literature Award Winner (Poetry)
· Yu Gwansun Literature Award Winner (Poetry)
· Sijo Literature Award Winner (Sijo)
· Han-gang(River) Literature Award Winner (Poetry)
· Cheonggye Literature Award Winner (Poetry)
· Sejong Literature Award Winner (Poetry)
· 'Becomes a Poet', Bitchang Literature Award Winner (Poetry)
· Three-lined poem, on the Constitution Day, Grand Prize Winner (Poetry)
· National Happiness Yeoul Literature Award, Gold Prize Winner (Three-lined Poem)
· National Record Love Literary Contest, Gold Prize Winner (Poetry)
· National Evergreen Literary contest, Grand Prize Winner (Poetry)
· National Kim Yeongrang Literary Contest, Grand Prize Winner (Poetry)
· National Miryang Arirang Literary Contest, Grand Prize Winner (Poetry)
· National Kim Soweol Literary Contest, Semi-grand Prize Winner (Poetry)

· National Park Yongcheol Literary Contest, Special Prize Winner (Poetry)

· National Park Yongcheol Literary Contest, Special Prize Winner (Essay)

· National Yeongsangang(River) Literary Contest, Good Prize Award Winner (Poetry)

· National Seorae Island Award Winner (Poetry)

· National Pyeongtaek Love Literary Contest Winner (Poetry)

· National Manhae Han Yongun Literary Contest, Winner (Poetry)

· National Lee Hyoseok Literary Contest Winner (Poetry)

· National Hangang(River) Literary Contest, Grand Prize Winner (Poetry)

· National Midang Seo Jeongju Literary Contest Winner (Poetry)

· Geulnara Literary Contest, Good Prize Winner (Essay)

12 books of literature theory books such as 『 The spirit of Gwangju flowing in poetry』, 26 books of poetry such as 『 Happy Imagery』, 4 essay books such as 『Read a Window』, 7 books of novels such as 『Hwang Jin-i's Solitude』, 11 books of children's literature such as 『Living Picture』, 5 books of translations such as 『Theory of Novels』, and 5 health books such as 『Mineral and Vitamin』, and 59 culture books such as 『People Who Shined the World』, Totally 124 books have been published so far.

★ Status of Park Deok-eun's Book Publications

＊Park Deok-eun』s Literature Theory Publication Status

1st Literature Theory 『Modern Poetry Creation Method』

2nd Literature Theory 『Theory of Modern Novels』

3rd Literature Theory 『Literature Research Methodology』

4th Literature Theory 『Theory of Novels』

5th Literature Theory 『Theories and Applications of Modern Literature Criticism』

6th Literature Theory 『Theory of Style』

7th Literature Theory 『Theories of Style and Modern Korean Novels』
8th Literature Theory 『Theory and Application of Modern Korean Novels』
9th Literature Theory 『Theory and Creation of Poetry』
10th Literature Theory 『Theology of Haegeum Writers』
11th Literature Theory 『Poet Shin Seok Jeong Study』
12th Literature Theory 『The spirit of Gwangju flowing in poetry』

＊Status of Park Deok-eun's Poetry Collection
1st Collection of Poems, 『The Wind Shakes Off Time』
2nd Collection of Poems, 『Geosigi』
3rd Collection of Poems, 『Rainbow School』
4th Collection of Poems, 『Kenosis』
5th Collection of Poems, 『The Road Opening』
6th Collection of Poems, 『Secret of Confinement』
7th Collection of Poems, 『At Noon Raining Shower』
8th Collection of Poems, 『Free Person, Love Person』
9th Collection of Poems, 『Finding Me』
10th Collection of Poems, 『Straw』
11th Collection of Poems, 『A River Where Childhood Heart Flows』
12th Collection of Poems, 『Love Story of the Small Forest』
13th Collection of Poems, 『To Love You Is』
14th Collection of Poems, 『Space where the exclamation mark stays』
15th Collection of Poems, 『Becoming Precious Love To You. Vol.1』
16th Collection of Poems, 『Becoming Precious Love To You. Vol.2』
17th Collection of Poems, 『Missing Nest Is High』
18th Collection of Poems, 『Drying Dried Persimmons』
19th Collection of Poems, 『Black Hole of Love』
20th Collection of Poems, 『I Always Want to Be Excited To You』
21st Collection of Poems, 『My Heart Must Have Caused an Accident』

22nd Collection of Poems, 『You』

23rd Collection of Poems, 『I Disappear With the Wind Every Night』

24th Collection of Poems, 『Happy Imagery』

25th Collection of Poems, 『Dokdo』

26th Collection of Poems, 『The day I want to be your evening』

27th Collection of Poems, 『The Power of Love』

<Status of Park Deok-eun's Essay Collection』

1st Essay Book, 『Read a Window·1』

2nd Essay Book, 『Read a Window·2』

3nd Essay Book, 『5 • 18』

4th Essay Book, 『Power of the floor』

＊Status of Park Deok-eun's Novel Publication

1st Novel, 『Kiss of Death』

2nd Novel, 『Confession of Yangguibi』

(Several Stories of Pungryu(Refined Taste) Women) Vol.1

3rd Novel, 『Hwang Jin-i's— Solitude』

(Several Stories of Pungryu Women) Vol.2

4th Novel, 『The Season of Ilta Hong』

(Several Stories of Pungryu Women) Vol.3

5th Novel, 『Lee Mae-chang's Love Diary』

(Several Stories of Pungryu Women) Vol.4

6th Novel, 『Seoul Arabian Night』

7th Novel, 『Forbidden Choice』

＊Park Deok-eun's Translation Publication Status

Translation 1, 『Theory of Novels』

Translation 2, 『Scent of Philosophy』

Translation 3, 『Words I Want to Say to the Heart of the Person I Love』

Translation 4, 『Philosopher's Bursted Sleeves』

Translation 5, 『World Rebellion History』

Translation 6, 『Korean Rebellion History』

＊Park Deok-eun's Publication Status of Children's Literature Books

1st Children's Literature Book, 『Living Picture』

2nd Children's Literature Book, 『3001 Years』

3rd Children's Literature Book, 『Rainbow School』

4th Children's Literature Book, 『River Where Childhood Heart Flows』

5th Children's Literature Book, 『Drying Dried Persimmons』

6th Children's Literature Book, 『Gulliver's Travels In Seoul』

7th Children's Literature Book, 『Pig's Diary』

8th Children's Literature Book, 『Foreign Mythology』

9th Children's Literature Book, 『The Adventure Of the Witch Herso』 Vol.1

10th Children's Literature Book, 『The Adventure Of the Witch Herso』 Vol.2b

11th Children's Literature Book, 『The Road of wild dogs』

＊Status of Park Deok-eun's Publication of Liberal Arts Books

1st Liberal Arts Book, 『The River of Comics』

2nd Liberal Arts Book, 『Silly Saint』

3rd Liberal Arts Book, 『The Owl of Minerva Flies at Twilight』

4th Liberal Arts Book, 『Cool Woman, Cool Man』

5th Liberal Arts Book, 『Fable Heaven』

6th Liberal Arts Book. 『I'm Not the Only One Who's Unhappy』

7th Liberal Arts Book. 『I'm Not the Only One Who's Happy』

8th Liberal Arts Book. 『I'm Not the Only One Who's Foolish』

9th Liberal Arts Book, 『Happy Silly Saint』

10th Liberal Arts Book, A Flower with Feeling

11th Liberal Arts Book, A Tree with Shaking

12th Liberal Arts Book, Words I want to plant in the heart of my loved one

13th Liberal Arts Book, 『Scent of Philosophy』

14th Liberal Arts Book, 『Philosopher's Burst Sleeves』

15th Liberal Arts Book, 『From Prostitute to Sister, From Idler to Emperor』

16th Liberal Arts Book, 『From Muse to Star, From Gay to Saint』

17th Liberal Arts Book, 『Scent of Love』

18th Liberal Arts Book, 『Emperor's How to Sex』

19th Liberal Arts Book, 『The Rebellion of Our History』

20th Liberal Arts Book, 『Masterpiece in Masterpieces』

21st Liberal Arts Book, 『Easy and Fun Philosophy Story』 Vol.1

22nd Liberal Arts Book, 『Easy and Fun Philosophy Story』 Vol.2

23rd Liberal Arts Book, 『Easy and Fun Philosophy Story』 Vol.3

24th Liberal Arts Book, 『History in History』

25th Liberal Arts Book, 『World Rebellion History』

26th Liberal Arts Book, 『Korean Rebellion History』

27th Liberal Arts Book, 『Small Book for Happiness』

28th Liberal Arts Book, 『Love Story of World Celebrities』

29th Liberal Arts Book, 『To My Most Precious Person』

30th Liberal Arts Book, 『The Scientists Who Shined the World』

31st Liberal Arts Book, 『The Politicians Who Shined the World』

32nd Liberal Arts Book, 『The Masters Who shined the World』

33rd Liberal Arts Book, 『The Explorers Who Shined the World』

34th Liberal Arts Book, 『The Artists Who Shined the World』

35th Liberal Arts Book, 『The Musicians Who Shined the World』

36th Liberal Arts Book, 『The Literators Who Shined the World』

37th Liberal Arts Book, 『The Philosophers Who Shined the World』

38th Liberal Arts Book, 『The Thinkers Who Shined the World』

39th Liberal Arts Book, 『The Performers Who Shined the World』

40th Liberal Arts Book, 『Foreign Mythology』

41st Liberal Arts Book, 『A Book That Makes You Happy to Read』

42nd Liberal Arts Book, 『Romance of the Century』 Vol.1

43rd Liberal Arts Book, 『Romance of the Century』 Vol.2

44th Liberal Arts Book, 『Romance of the Century』 Vol.3

45th Liberal Arts Book, 『Romance of the Century Vol.4

46th Liberal Arts Book, 『Our 50 Best Masterpieces』

47th Liberal Arts Book, 『The 50 Best Works in the World』

48th Liberal Arts Book, 『Aesop's Fables』 (co-authored)

49th Liberal Arts Book, 『I Prefer an Honest Exclamation Mark to a Fancy
Question Mark』

50th Liberal Arts Book, 『God Is in Our Kisses』

51st Liberal Arts Book, 『Collection of Comedy Quiz in College Street』

52nd Liberal Arts Book, 『Ppongdda Ilbo』

53rd Liberal Arts Book, 『Acorns of 3 Mal』

54th Liberal Arts Book, 『Wit』

55th Liberal Arts Book, 『Think! Youth』

56th Liberal Arts Book, 『Successful DNA』 Vol.1

57th Liberal Arts Book, 『Successful DNA』 Vol.2

58th Liberal Arts Book, 『Mind clearing Wisdom』

59th Liberal Arts Book, 『God is in our Kisses too』

＊Park Deok-eun's Health Book Publication Status

1st Health Book, 『Nutrition Guide That Fits My Body』

2nd Health Book, 『Vitamin, Minerals, and Nutrients That Come up』

3rd Health Book, 『Diet That Fits My Body』 Vol.1 『Cause of Obesity』

4th Health Book, 『Diet That Fits My Body』 Vol.2 『Obesity Escape』

5th Health Book, 『Anti-cancer Food that fits My Body』

125 books have been published totally.

Congratulating on publication

Professor Park Deok-eun, a doctor of literature born in Hwasun, Jeollanam-do, Korea, served as a professor at Jeonnam National University and director of the Department of Korean Language and Literature, and is currently a professor of Hansil Literature Creation and Afreeca TV BJ.

He is 'Jungang Ilbo' New Year Literature Award Winner (Review), 'Creative Literature Newspaper' New Year Literature Award Winner (Fairy Tale), 'Cyber Jungrang' New Year Literature Award Winner (Poetry), 'Saehan Ilbo' New Year Literature Award Winner (Poetry), 'DongYang Literature' New Year Literature Award Winner(Poetry), 'Kim Hae-Ilbo' Citizen Literature Award Winner(Poetry) as well as 'Gyeongbuk Ilbo' Homie Literature Award Winner, Mosan Literature Award Grand Prize Winner, 'Daehan Poetry Association' Literature Grand Prize Winner, 'Tagore Literature Award' Grand Prize Winner, 'Yun Dongju Literature Award' Grand Prize Winner, 'Literature World Literature Award' Grand Prize Winner(Fairy Tale), Aviation Literature Award Winner, Yeosu Marine Literature Award Winner, Gyeonggi Essay Literature Award Winner, Urisup Literature Award Winner, 'Busansjin Market Art Festival' Literature Award Winner, 'Saengwhal Literature' Grand Prize Winner, 'Ahn Jeongbok' Literature Award Winner, 'Deobureo Jeollanamdo' Culture Award Winner, Korean Children's Literature Award Winner, Gwangju Literature Award Prize, Gyemongsa Children's Literature Award Winner, Haun Literature Award Winner, Earth Love Literature Award Winner, 'Hanwha Life Insurance' Literature Award Winner.

He has totally published 124 books until now including 26 books

of poetry like 『You』, 『I Disappear with the Wind Every Night』 and etc,
12 Literature Theory books including 『Modern Poetry Creation Method』,
4 essay book named 『Read the Window』, 11 Children's Literature books
including 『Living Picture』, 59 books including 『People Who Shined the
World』 series, 5 translation books including 『A Theory of Novel』, 7 books
of novels including 『a Forbidden Choice』

Park Deok-eun, an advisor full of jest, wit, humor, and cleverness,
exudes a variety of scents in 124 books refined by poet's passion and
beliefs. And he is always busy refining his heart for poetry with 'people
who love poetry' drunk on the scent. Writing poetry and loving literature,
he is currently doing his best not only from Seoul, Gwangju, Naju,
Sunchang, Jeongeup, Gokseong, but also to the United States, Vietnam,
Japan, Angola, Dubai, and Canada to spread out his scent of poetry.
Afreeca TV's 'Romantic President's Literature Talk'(over 1,670 times) has
been broadcast without even a cancellation for eight years, and through
12 offline literature clubs he has been lecturing for 30 years. And he has
produced 470 writers and won 1300 National Literature Awards.

Professor Park Deok-eun, a doctor of literature, made his
literary debut with the recommendation of the Jeonnam Ilbo New Year
Literature in 1980, the Joongang Ilbo New Year Literature in 1985, and the
recommendation of the Poetry Literature magazine in 1984.

Professor Park Deok-eun announced 'Poet Shin Seok-jeong Rearch'
eight times in the monthly magazine Literature Space from November
2019 to June 2020, gathered them together, published 'Poet Shin Seok-
jeong Research'. And he announced monthly work theory for writers for
more than 30 years, and published a total of 200 monthly works from
issue 1 (September, 1989) to issue 370(September, 2021).

In addition, he won the 2nd Tagore Literature Award for 'Tagore Work Theory' in 'Literature Anthology' (issue 19) and the Yun Dongju Literature Award for 'Poet Yun Dongju Research' in 'Literature Anthology (issue 20).

In 2021, he also won the Mosan Literature Award for his poem 'Traditional Market and the Korean Poetry Industry Award for his essay 'Saw Shark and Anchovy'. He also has served as a lecturer at 13 literary societies on the front line, trained senior students in sentences, making their literary debut with more than 500 writers so far, and served as a literary coach who led them to win 1,000 national literary awards.

In addition, he continued to play as a painter and won the Korea Creative Culture and Art Exhibition Grand Prize, the International Contemporary Art Exhibition Grand Prize, the Biennale Art Exhibition Grand Prize, the International Comprehensive Art Exhibition Grand Prize, and the Artist Award and etc.

In addition, in 2020, 3,000 books of his 126 types, 50,000 general books, 25 bookshelves, 120 easels, and 250 of his paintings were donated to Jeongeup-si(city) Living Culture Center in Sintaein-eup, and he donated 200 paintings to Sunchang Sculpture Park to develop the cultural sensibility of culturally marginalized rural residents.

As such, Professor Park Deok-eun is a writer, scholar and artist who not only steadily and faithfully cultivates literary disciples and writers, but also donates several times throughout society. He gives our world good moving and happiness.

Thus, in May 2010, he was listed on the 'News Today' cover story, and in October 2020, he won the 'Great Korean National Award' (Literature Development Division) and was listed on the 'Great Korean Award' cover story.

In addition, in recognition of his achievements, he won the World Peace Award, the Medal of Merit, the Order of Culture Award, the Order of Publication Award, the National Achievement Award, and the Social Service Award and so on.

7

박덕은 작품 연보

○ 박덕은 작품 연보

1979.12. 전남일보 신춘문예 동화 「경수의 하늘나라 여행」 당선(심사위원; 김
영일, 이원수)

1980.12. 문학평론 「김정한의 소설 연구」(문학석사 학위 논문)

1981. 3. 문학평론 「낙동강의 파수꾼 김정한」(전대신문)

1981. 3. 시 「恨」(《전북문학》 71집)

1981. 4. 시 「모정」(《전북문학》 72집)

1981. 5. 시 「안개」(《전북문학》 73집)

1981. 6. 동화 「보이지 않는 새」(『별들이 사는 마을』)

1981. 7. 시 「초여름의 하늘에서 건져낸 시간」(《전북문학》 74집)

1981. 9. 시 「무도회」(《전북문학》 75집)

1981.11. 동화 「불타는 오아시스」(《아동문예》 60호)

1981.11. 시 「각흘도에서」(《전북문학》 76집)

1981.12. 시 「지하철의 차창을 보며」(《전북문학》 77집)

1981.12. 동화 「돌아오지 않는 연어 공주」(전남아동문학가협회연간집 20호)

1982. 3. 문학평론 「비교문학의 새 이해」(전대신문)

1982. 5. 동화 「각흘도의 아이들」, 「흐르지 않는 강」, 「살아 있는 그림」(《아동
문예》 65호)

1982. 5. 문학평론 「「冬天」에 나타난 諸調의 공간」(전대신문)

1982. 5. 시 「조도의 딸들」(《전북문학》 78집)

1982. 6. 시 「파출부의 아내」(《전북문학》 79집)

1982. 7. 문학평론 「작중인물의 인격화, 인간화」(《한국아동문학》 6호)

1982. 8. 시 「나팔꽃」, 「퇴근길」(《전북문학》 81집)

1982. 8. 문학이론 「진도민담의 구조 연구」(『어문논총』 6집)

1982. 9. 문학평론 「아동도서 무엇이 문제인가」(《예향》)

1982. 9. 시 「안개·2」(《전북문학》 82집)

1982.10. 동화 「버드나무 마을」(『달마다 피는 꽃』)

1982.11. 동화 「불꽃동자」(『꽃잎이 흐르는 여울』)

1982.11. 시 「새보기」(《전북문학》83집)

1982.11. 시 「추수」(교원복지신문 76호)

1982.11. 꽁트 「어떤 부부 싸움」(《예향》)

1982.12. 시 「밤풍경」(《전북문학》84집)

1982.12. 문학이론 「강진민담의 구조 연구」(『호남문화연구』12집)

1982.12. 문학비평 「소설에서의 사실감」(전대신문)

1983. 4. 시 「그리움」(《전북문학》86집)

1983. 6. 《아동문예》신인상 소년소설 「기다림 연극」 당선(심사위원;오세발)

1983. 6. 시 「맥·2」(《전북문학》86집)

1983. 7. 시 「맥·3」(《전북문학》88집)

1983. 8. 시 「맥·6」, 「맥·7」(《전북문학》90집)

1983.10. 동화집 『살아 있는 그림』(아동문예사)

1983.11. 시 「맥·8」(《전북문학》91집)

1983.12. 시 「맥·9」(《전북문학》92집)

1983.12. 문학평론 「서정주의 『冬天』 연구」(《국어문학》23집)

1983.12. 문학이론 「광양민담의 구조와 의미」(『호남문화연구』3집)

1983.12. 문학평론 「문학적 리얼리티 연구」(『용봉논총』13집)

1984. 1. 시 「맥·10」(《전북문학》93집)

1984. 2. 문학평론 「소설의 유형·1」(전대신문)

1984. 2. 시 「맥·11」(《전북문학》94집)

1984. 3. 문학평론 「소설의 유형·2」(전대신문)

1984. 3. 시 「맥·12」(《전북문학》95집)

1984. 5. 번역서 『소설의 이론』(새문사)

1984. 5. 시 「맥·13」(《전북문학》96집)

1984. 6. 시 「안개」, 「바람은 시간을 털어낸다」《시문학》로 초회 추천(심사위
원;문덕수)

1984. 6. 시 「맥·14」(《전북문학》97집)

1984. 8. 시 「맥·15」(《전북문학》98집)

1984.10. 시 「맥·16」(《전북문학》 99집)

1984.12. 문학평론 「채만식의 『태평천하』 연구」(전남대학교 논문집 29집)

1985. 1. 중앙일보 신춘문예 문학평론 「삶의 원리와 죽음의 원리」 당선(심사위원;유종호)

1985. 2. 시 「맥·17」(《전북문학》 100집)

1985. 2. 문학평론 「채만식의 『탁류』 연구」(《어문논총》 7.8집)

1985. 8. 문학이론 「한국현대장편소설의 문학적 리얼리티 연구」(문학박사 학위 논문)

1985. 8. 시 「소낙비 오는 정오에」, 「문아 문아 삐걱문아」(《전북문학》 103집)

1985. 9. 문학이론 「영국 어린이 문학 계보」(《세계 어린이 문학》)

1985. 9. 문학비평서 『문학연구방법론』(전남대학교 출판부)

1985.10. 시 「거시기·2」(《전북문학》 105집)

1985.10. 문학비평 「염상섭의 『삼대』 연구」(《국어문학》 25집)

1986. 1. 시 「사랑」(《전북문학》 108집)

1986. 3. 시 「외출」, 「거시기·3」, 「사랑」, 「깨달음 1話」, 「고샅 모퉁이에 두름 엮듯 한 올 엮어 놓고」(『삶을 기도하며』 도서출판 강나루)

1986. 4. 문학비평 「이광수의 『재생』 연구」(《한국언어문학》 24집)

1986. 5. 시 「거시기·9」(《전북문학》 111집)

1986. 6. 시 「연가」, 「누이야 누이야」(시문학)로 추천 완료(심사위원;이석, 정공채, 문덕수)

1986. 6. 시 「거시기·10」(《전북문학》 112집)

1986. 7. 시 「거시기·7」, 「거시기·8」, 「소낙비 오는 정오에」, 「외출」(《시문학》 180호)

1986. 8. 시집 『바람은 시간을 털어낸다』(시문학사)

1986. 9. 문학평론 「문학연구방법의 새 지평」(호남교육)

1986.12. 시 「거시기·12」(전대동창회보 제2호)

1986.10. 문학이론 「누보로망의 재조명」(전대신문)

1986.11. 시 「거시기·15」(《전북문학》 116집)

1987. 1. 시 「거시기·16」(《전북문학》 117집)

1987. 4. 시 「거시기·17.18」(《전북문학》 119집)

1987. 5. 《아동문학평론》 신인상 동시 「뒷동산의 꿈」, 「구름아 구름아」, 「뒤곁의 편지」 당선(《아동문학평론》 43호)(심사위원;신현득, 이재철)

1987. 6. 시 「거시기 26」(《전북문학》 121집)

1987. 8. 문학이론서 『현대소설의 이론』(박영사)

1987. 8. 시 「거시기·23.24.25.26.27」(《시문학》193호)

1987. 9. 시 「케노시스·1」(《전북문학》 123집)

1987. 9. 문학평론 「삶의 원리와 죽음의 원리」(『제3세대 비평문학』, 역민사)

1987.10. 문학평론 「소설의 사실구조 考」(한남대학교 박요순선생 회갑기념논문집)

1987.10. 시 「케노시스·3」(《전북문학》 124집)

1987.10. 시집 『거시기』(시문학사)

1987.12. 동화 「연구실의 아기천사」(광주일보)

1987.12. 시 「빈 종이」(《전북문학》 125집)

1987.12. 동시 「구름아 구름아」(『희망을 파는 자동판매기』)

1987.12. 동시 「사진 한 장」, 「꽃의 한마디」, 「하늘 꽃밭」, 「마술」, 「잔밥각시님」, 「소풍 가는 꿈」, 「무지개 학교」, 「산 너머 무에 있는지」, 「꿈자기 한 움큼」, 「모여라, 아이들아」, 「가을 하늘의 노래」, 「천체 망원경」, 「백바위」(《아동문예》 132호)

1987.12. 동시 「옛 성터에서」, 「발자국」, 「지하수의 편지」, 「자연 그대로가 좋아요」, 「햇병아리」, 「수석들의 하루」, 「지진을 알고 나서」, 「친구를 기다리며」(《아동문학평론》 45호)

1988. 2. 시 「우리는 사랑, 우리는 친구」(《전북문학》 126집)

1988. 2. 문학평론 「자연과 삶의 화합을 꿈꾸는 시」(《전북문학》 126집)

1988. 2. 시집 『무지개 학교』(대교문화, 동시 모음)

1988. 2. 문학평론 「문학적 리얼리티 구현과정 考」(홍익대학교 문덕수선생 회갑기념 논문집)

1988. 3. 「길목에 서서」(《전북문학》 127집)

1988. 3. 문학평론 「건강한 어린이의 이야기」(《아동문학평론》 46호)

1988. 4. 시「케노시스·1~10」(《시문학》201호)

1988. 4. 문학평론「민족음악학-그 인류학적 측면과 음악학적 측면의 융합 시도」(전대신문)

1988. 4. 시「초선이·1」(《전북문학》128집)

1988. 5. 시「케노시스·11~20」(《시문학》202호)

1988. 5. 시「초선이·2」(《전북문학》129집)

1988. 5. 시집『길트기』(삼화문화사)

1988. 6. 시「케노시스·21~30」(《시문학》203호)

1988. 6. 문학평론「동화에 있어서의 시점의 문제」(《아동문학평론》47호)

1988. 7. 「초선이·3~4」(《전북문학》130집)

1988. 7. 시「케노시스·31~40」(《시문학》204호)

1988. 7. 장편동화「거울 속의 나라」(전남아동문학회보)

1988. 7. 시「길트기」(아무도 하지 않던 말을 위하여, 시문학사)

1988. 7. 영역「연구실의 아기천사」(전남대 영자신문)

1988. 7. 동시「분꽃 씨앗」, 「개나리꽃」(바다가 보낸 차표, 《아동문학시대》8집)

1988. 8. 문학이론서『현대문학비평의 이론과 응용』(새문사)

1988. 8. 시「케노시스·41~50」(《시문학》205호)

1988. 8. 시「초선이·5~6」(《전북문학》131집)

1988. 9. 문학평론「김영랑론」(제3세대 문학비평 2집, 도서출판 신아)

1988. 9. 장편소년소설「검은 별이여, 안녕」(제1부, 《아동문예》141호)

1988. 9. 문학평론「동화에 있어서의 배경의 문제」(《아동문학평론》48호)

1988. 9. 시「초선이·7~8」(《전북문학》132집)

1988.10. 시「초선이·9」(《전북문학》133집

1988.10. 시「작은 울타리」, 「결국에는」, 「시각화 과정」, 「자유와 반응」(대숲에 맨발로 서다, 《원탁시》28집)

1988.10. 문학평론「여상현의 시 세계」(《금호문화》11월호)

1988.11. 시집『케노시스』(시문학사)

1988.11. 시집『길트기』(삼화문화사)

1988.11. 시집『감힘의 비밀』(삼화문화사)

1988.11. 시집 & 가곡집 『소낙비 오는 정오에』(삼화문화사)

1988.11. 장편소년소설 「검은 별이여, 안녕」(제3부, 《아동문예》 143호)

1988.11. 동시 「들판을 바라보며」(『저 별은 엄마별 저 별은 아빠별』)

1988.12. 문학평론 「이근영의 작품 세계」(《금호문화》 12월호)

1988.12. 시 「초선이·10」(《전북문학》 134집)

1988.12. 동시 「장터」, 「하늘 아래 동동」, 「단풍」, 「물새들의 노래」, 「아지랭이」 (『하루살이 이틀살이』 전남아동문학가협회지 27집)

1988.12. 장편소년소설 「검은 별이여, 안녕」(제4부, 《아동문예》 144호)

1988.12. 시 「청초한 날에」, 「이삭을 남긴 사연」, 「당신을 배우며」(한소리, 창간 호)

1988.12. 시 「그대 광주여」(《전남개발》 제20호)

1988.12. 제1회 광주문학상 수상(수상 작품집 『케노시스』과 수상 문학이론 「해금작가작품론」)

1989.12. 문학평론 「김소엽의 작품 세계」(《금호문화》 1월호)

1989. 1. 장편소년소설 「검은 별이여, 안녕」(제5부, 《아동문예》 155호)

1989. 1. 교양서 『해학의 강』(도서출판 한실)

1989. 1. 시 「케노시스·2」(『허공에 흐르는 강』, 인의시선 2)

1989. 2. 문학평론 「이용악의 작품 세계」(《금호문화》 2월호)

1989. 2. 교양도서 『해학의 江』(도서출판 한실)

1989. 2. 시 「길트기·20」(『이별은 별이 되어 우능갑더라』)

1989. 2. 시 「길트기·50」(『사랑은 단풍물이 드능갑더라』)

1989. 3. 편저 『삶이 그리움 되어 홀로 있을 때』(도서출판 한실)

1989. 3. 문학이론서 『한국현대소설의 이론과 적용』(새문사)

1989. 3. 시집 『자유人·사랑人』(도서출판 한실)

1989. 3. 문학평론 「이찬의 작품 세계」(《금호문화》 3월호)

1989. 3. 시 「당신은 비록 낯설지만」(《내외통신》 창간호)

1989. 3. 문학평론 「누구나 한번쯤 머물러가기를 원하는 동심의 메시지」(《아동문예》 147호)

1989. 3. 문학평론 「팬터지의 효과적 사용을 위하여」(《아동문학평론》 50호)

1989. 4. 문학평론 「조벽암의 작품 세계」(《금호문화》 4월호)

1989. 4. 시 「고향」(화순문학회보 창간호)

1989. 5. 동시 「콩나물아이」, 「하마」, 「뿌리의 말」, 「유리창」, 「목련꽃」, 「편지」, 「솔바람·1~2」, 「꼬꼬대 꼬꼬」, 「장터」(《아동문예》 149호)

1989. 5. 장편소년소설집 『3001년』(아동문예사)

1989. 5. 문학평론 「현덕의 작품 세계」(《금호문화》 5월호)

1989. 6. 동시 「곶감 말리기」, 「풍선 장수」(《아동문학평론》 제51호)

1989. 6. 문학평론 「박노갑의 작품 세계」(《금호문화》 6월호)

1989. 7. 동시 「곶감 말리기」, 「안개구름」(《아동문학시대》 9집)

1989. 7. 동화 「들쥐나라」(가든사보 7월호)

1989. 7. 동시 「아파트」(《아동문학》 7월호)

1989. 7. 문학이론서 『시의 이론과 창작』(도서출판 한실)

1989. 7. 문학평론 「송영의 작품세계」(《금호문화》 8월호)

1989. 8. 시집 『나찾기』(도서출판 한실)

1989. 8. 소설집 『죽음의 키스』(도서출판 한실)

1989. 9. 문학평론 「정지용의 작품 세계·상」(《금호문화》 9월호)

1989. 9. 시 「지푸라기·1~10」(《시문학》 218호)

1989. 9. 꽁트 「화합의 비밀」(『사람을 찾습니다』 제4호)

1989.10. 문학평론 「정지용의 작품세계·하」(《금호문화》 10월호)

1989.10. 시 「지푸라기·11~20」(《시문학》218호)

1989.11. 문학평론 「석인해의 작품 세계」(《금호문화》 11월호)

1989.11. 시 「교만」, 「고통」, 「지푸라기·22~30」(《시문학》220호)

1989.11. 시 「바로 서기」, 「그대 광주여」, 「고향 동산」, 「고향으로 오세요」, 「아이리」(『그대 젖은 영혼을 위하여』 원탁시 29집)

1989.12. 동시 「짝꿍」(《어린이 문학 세계》 제6호)

1989.12. 동시 「꽃이 지네요」, 「A형」, 「아기 귀」(『무궁화꽃이 피었습니다』, 아동문학가협회지 28집)

1989.12. 시 「뒤집기·6」(《화순문학》 제1집)

1989.12. 시 「지푸라기·31~40」(《시문학》221호)

1989.12. 문학평론 「이선희의 작품 세계」(《금호문화》 12월호)

1989.12. 시 「의심」, 「연단」, 「한」, 「영생」, 「비」, 「바람」, 「피난처」, 「별」(《전북문학》 140집)

1989.12. 문학이론 「시작법·1」(《문학공간》 창간호)

1990. 1. 문학이론 「시작법·2」(《문학공간》 1월호)

1990. 1. 문학평론 「지하련의 작품 세계」(《금호문화》 1월호)

1990. 1. 시 「지푸라기·41~50」(《시문학》 222호)

1990. 1. 문학평론 「소설의 긍정적 시선과 부정적 시선」(《월간문학》 251호)

1990. 1. 문학평론 「구체적 시어와 추상적 시어」(《문학공간》 2호)

1990. 2. 문학평론 「유향림의 작품 세계」(《금호문화》 2호)

1990. 2. 문학평론 「소설의 사실구조와 효과」(《월간문학》 252호)

1990. 2. 문학평론 「시에서의 디코럼」(《문학공간》 3호)

1990. 2. 꽁트 「콧대꺾기」(화니화보 2월호)

1990. 3. 문학평론 「김만선의 작품 세계」(《금호문화》 3월호)

1990. 3. 문학이론 「시작법」(《문학공간》 3호)

1990. 3. 교양서 『바보 聖者』(도서출판 한실)

1990. 3. 문학평론 「이미지론」(《문학공간》 4호)

1990. 5. 시집 『지푸라기』(시문학사)

1990. 6. 문학이론 「시작법-은유의 표현기법과 그 효과」(《문학공간》 6호)

1990. 7. 문학이론 「시작법·8」(《문학공간》 8호)

1990. 9. 문학이론 「시작법·9」(《문학공간》 10호)

1990. 9. 문학이론서 『문체의 이론과 한국현대소설』(도서출판 한실)

1990.10. 문학이론 「시작법·10」(《문학공간》 11호)

1990.10. 동시집 『동심이 흐르는 강』(아동문예사)

1990.11. 문학이론 「시작법·12」(《문학공간》 12호)

1991. 2. 문학이론 「시작법·14」(《문학공간》 15호)

1991. 4. 문학이론 「시작법·15」(《문학공간》 17호)

1991. 4. 시집 『자그만 숲의 사랑 이야기』(도서출판 규장각)

1991. 8. 문학이론 「시작법·16」(《문학공간》 21호)

1991. 9. 문학이론 「시작법·17」(《문학공간》 22호)

1991. 9. 문학이론서 『해금작가작품론』(새문사)

1991.10. 문학이론 「시작법·18」(《문학공간》 23호)

1991.11. 문학이론 「시작법·19」(《문학공간》 24호)

1991.12. 문학이론 「시작법·20」(《문학공간》 25호)

1992. 1. 문학이론 「시작법·21」(《문학공간》 26호)

1992. 2. 문학이론서 『시의 이론과 창작』(도서출판 한실)

1992. 3. 문학이론 「시작법·21」(《문학공간》 28호)

1992. 4. 문학이론 「시작법·22」(《문학공간》 29호)

1992. 8. 문학이론 「시작법·23」(《문학공간》 33호)

1992.11. 문학이론 「시작법·24」(《문학공간》 36호)

1992.12. 문학이론 「시작법·25」(《문학공간》 37호)

1993. 2. 소설집 『양귀비의 고백』(도서출판 장원)

1993. 7. 시 「사랑아, 사랑한다·1」(《문학공간》 44호)

1993. 7. 교양서 『멋진 여자 멋진 남자』(도서출판 서지원)

1993. 9. 시 「사랑아, 사랑한다·3」(《문학공간》 46호)

1993.10. 시 「사랑아, 사랑한다·4」(《문학공간》 47호)

1993.10. 교양서 『우화천국』(도서출판 서지원)

1993.10. 교양서 『도토리 서 말』(도서출판 서지원)

1993.10. 소설집 『이매창의 사랑 일기』(도서출판 장원)

1993.11. 시 「사랑아, 사랑한다·5」(《문학공간》 48호)

1993.12. 시 「사랑아, 사랑한다·6」(《문학공간》 49호)

1993. 4. 교양서 『나는 화려한 물음표보다 정직한 느낌표를 만드는 사람이 더
          좋다』(도서출판 산호)

1993. 5. 소설집 『황진이의 고독』(도서출판 장원)

1993. 8. 문학이론서 『현대詩창작법』(법문사)

1993. 8. 소설집 『일타홍의 계절』(도서출판 장원)

1993. 9. 시집 『느낌표가 머무는 공간』(성현출판사)

1993.10. 교양서 『우화 천국』(도서출판 서지원)

1993.11. 시집『그대에게 소중한 사랑이 되어·1』(도서출판 대흥)

1993.12. 소설집『서울 아라비안나이트』(한마음사)

1994. 1. 소설집『금지된 선택』(도서출판 깊이와넓이)

1994. 2. 문학이론서『문체론』(공저)(도서출판 법문사)

1994. 5. 시집『둥지 높은 그리움』(소담출판사)

1994. 5. 교양서『마음을 비우는 지혜』(보성출판사)

1994. 5. 교양서『나만 불행한 게 아니로군요』(문학창조사)

1994. 5. 교양서『나만 행복한 게 아니로군요』(문학창조사)

1994. 5. 교양서『나만 어리석은 게 아니로군요』(문학창조사)

1994.11. 「시와 사랑의 이미지·1」(《문학공간》 60호)

1994.12. 「시와 사랑의 이미지·2」(《문학공간》 61호)

1994.12. 시집『그대에게 소중한 사랑·이 되어.2』(도서출판 대흥)

1995. 1. 「시와 사랑의 이미지·3」(《문학공간》 62호)

1995. 1. 교양서『느낌이 있는 꽃』(도서출판 서로)

1995. 1. 교양서『흔들림이 있는 나무』(도서출판 서로)

1995. 1. 『행복한 바보성자』(지성사)

1995. 2. 「시와 사랑의 이미지·4」(《문학공간》 63호)

1995. 2. 동시집『곶감 말리기』(월간아동문학사)

1995. 3. 「시와 사랑의 이미지·5」(《문학공간》 64호)

1995. 4. 「시와 사랑의 이미지·6」(《문학공간》 65호)

1995. 4. 『사랑하는 사람 가슴에 심어주고픈 말』(도서출판 밝은누리)

1995. 5. 「시와 사랑의 이미지·7」(《문학공간》 66호)

1995. 5. 교양서『철학의 향기』(보성출판사)

1995. 6. 「시와 사랑의 이미지·8」(《문학공간》 67호)

1995. 7. 「시와 사랑의 이미지·9」(《문학공간》 68호)

1995. 8. 「시와 사랑의 이미지·10」(《문학공간》 69호)

1995. 9. 「시와 사랑의 이미지·11」(《문학공간》 70호)

1996. 3. 『철학자의 터진 옷소매](도서출판 하나로)

1996. 4. 문학평론「금아 피천득의 작품 세계·1」(《문학공간》 77호)

1996. 5. 문학평론 「금아 피천득의 작품 세계·2」(《문학공간》 78호)

1996. 5. 교양서 『창녀에서 수녀까지 건달에서 황제까지』(한솔미디어)

1996. 6. 문학평론 「금아 피천득의 작품 세계·3」(《문학공간》 79호)

1996. 6. 교양서 『신은 우리 키스 속에도 있다』(태웅출판사)

1996. 6. 교양서 『황제방중술』(태웅출판사)

1996. 7. 문학평론 「금아 피천득의 작품 세계·4」(《문학공간》 80호)

1996. 7. 교양서 『무희에서 스타까지 게이에서 성자까지』(한솔미디어)

1996. 8. 문학평론 「금아 피천득의 작품 세계·5」(《문학공간》 81호)

1996. 9. 문학평론 「금아 피천득의 작품 세계·6」(《문학공간》 82호)

1996. 9. 교양서 『사랑의 향기』(도서출판 모아)

1996.10. 문학평론 「금아 피천득의 작품 세계·7」(《문학공간》 83호)

1996.11. 문학평론 「금아 피천득의 작품 세계·8」(《문학공간》 84호)

1996.12. 문학평론 「금아 피천득의 작품 세계·9」(《문학공간》 85호)

1997. 2. 문학평론 「금아 피천득의 작품 세계·11」(《문학공간》 87호)

1997. 3. 문학평론 「금아 피천득의 작품 세계·12」(《문학공간》 88호)

1997. 4. 문학평론 「금아 피천득의 작품 세계·13」(《문학공간》 89호)

1997. 4. 교양서 『우리 역사 속의 난』(도서출판 떡갈나무)

1997. 5. 문학평론 「금아 피천득의 작품 세계·14」(《문학공간》 90호)

1997. 5. 교양서 『명작 속 명작』(도서출판 우리문학사)

1997. 5. 교양서 『쉽고 재미있는 철학 이야기·1』(도서출판 서지원)

1997. 5. 교양서 『쉽고 재미있는 철학 이야기·2』(도서출판 서지원)

1997. 5. 교양서 『쉽고 재미있는 철학 이야기·3』(도서출판 서지원)

1997. 6. 교양서 『세계를 빛낸 과학자』(도서출판 가교)

1997. 7. 시집 『사랑의 블랙홀』(도서출판 민예원)

1997. 8. 교양서 『역사 속의 역사』(도서출판 박우사)

1997. 9. 시집 『나는 그대에게 늘 설레임이고 싶다』(도서출판 박우사)

1997.10. 동화집 『서울 걸리버 여행기』(아동문예)

1997.12. 교양서 『한국 반란사』(도서출판 큰바위)

1997.12. 교양서 『세계 반란사』(도서출판 큰바위)

1997.12. 교양서 『세계를 빛낸 정치가』(도서출판 가교)

1998. 1. 문학평론 「이강욱 연재소설의 세계」(《문학공간》 98호)

1998. 2. 문학평론 「정지용의 작품 세계·1」(《문학공간》 99호)

1998. 3. 문학평론 「정지용의 작품 세계·2」(《문학공간》 100호)

1998. 4. 문학평론 「박세영의 작품 세계」(《문학공간》 101호)

1998. 4. 교양서 『세계를 빛낸 명장』(도서출판 가교)

1998. 4. 교양서 『행복을 위한 작은 책』(도서출판 창조인)

1998. 5. 문학평론 「권환의 작품 세계」(《문학공간》 102호)

1998. 6. 교양서 『세계 명사들의 러브스토리』(새앎출판사)

1998. 7. 문학평론 「박아지의 작품 세계」(《문학공간》 104호)

1998. 7. 교양서 『세계를 빛낸 탐험가』(도서출판 가교)

1998. 8. 문학평론 「조벽암의 작품 세계」(《문학공간》 105호)

1998. 9. 문학평론 「임학수의 작품 세계」(《문학공간》 106호)

1998. 9. 교양서 『세계를 빛낸 미술가』(도서출판 가교)

1998.10. 문학평론 「이찬의 작품 세계」(《문학공간》 107호)

1998.10. 시집 『내 가슴이 사고 쳤나 봐』(도서출판 한실)

1998.11. 문학평론 「설정식의 작품 세계」(《문학공간》 108호)

1998.12. 문학평론 「이용악의 작품 세계」(《문학공간》 109호)

1999. 1. 문학평론 「오장환의 작품 세계」(《문학공간》 110호)

1999. 1. 교양서 『세계를 빛낸 음악가』(도서출판 가교)

1999. 2. 문학평론 「김상훈의 작품 세계」(《문학공간》 111호)

1999. 2. 교양서 『나의 가장 소중한 사람에게』(도서출판 이오스)

1999. 3. 문학평론 「여상현의 작품 세계」(《문학공간》 112호)

1999. 4. 문학평론 「백석의 작품 세계」(《문학공간》 113호)

1999. 4. 교양서 『세계를 빛낸 철학가』(도서출판 가교)

1999. 4. 교양서 『세계를 빛낸 문학가』(도서출판 가교)

1999. 5. 문학평론 「송영의 작품 세계」(《문학공간》 114호)

1999. 5. 교양서 『해외 신화』(도서출판 세계문예)

1999. 5. 교양서 『읽으면 행복한 책』(베스트셀러출판사)

1999. 6. 문학평론 「박노갑의 작품 세계」(《문학공간》 115호)

1999. 6. 교양서 『세계를 빛낸 사상가』(도서출판 가교)

1999. 7. 문학평론 「이근영의 작품 세계」(《문학공간》 116호)

1999. 7. 교양서 『세계를 빛낸 공연가』(도서출판 가교)

1999. 8. 문학평론 「이선희의 작품 세계」(《문학공간》 117호)

1999. 9. 문학평론 「김소엽의 작품 세계」(《문학공간》 118호)

1999.10. 문학평론 「현덕의 작품 세계」(《문학공간》 119호)

1999.10. 교양서 『뽕따일보』(도서출판 덕수)

1999.11. 문학평론 「지하련의 작품 세계」(《문학공간》 120호)

1999.12. 문학평론 「유향림의 작품 세계」(《문학공간》 121호)

2000. 1. 문학평론 「김만선의 작품 세계」(《문학공간》 122호)

2000. 2. 문학평론 「김상민의 작품 세계」(《문학공간》 123호)

2000. 3. 문학평론 「석인해의 작품 세계」(《문학공간》 124호)

2000. 4. 문학이론 「소설 개관·1」(《문학공간》 125호)

2000. 6. 문학이론 「소설 개관·2」(《문학공간》 126호)

2000. 7. 문학이론 「소설 개관·3」(《문학공간》 127호)

2000. 8. 문학이론 「소설 개관·4」(《문학공간》 129호)

2000. 9. 문학이론 「소설 개관·5」(《문학공간》 130호)

2000.10. 문학이론 「소설 개관·6」(《문학공간》 131호)

2000.11. 문학이론 「소설 개관·7」(《문학공간》 132호)

2000.12. 문학이론 「소설 개관·8」(《문학공간》 133호)

2001. 1. 문학이론 「소설 개관·9」(《문학공간》 134호)

2001. 2. 문학이론 「소설 개관·10」(《문학공간》 135호)

2001. 3. 문학이론 「소설 개관·11」(《문학공간》 136호)

2001. 4. 문학이론 「소설 개관·12」(《문학공간》 137호)

2001. 5. 문학이론 「소설 개관·13」(《문학공간》 138호)

2001. 6. 문학이론 「소설 개관·14」(《문학공간》 139호)

2001. 7. 문학이론 「소설 개관·15」(《문학공간》 140호)

2001. 8. 문학이론 「소설 개관·16」(《문학공간》 141호)

2001. 9. 문학이론 「소설 개관·17」(《문학공간》 142호)

2001.10. 문학이론 「소설 개관·18」(《문학공간》 143호)

2001.11. 문학이론 「소설 개관·19」(《문학공간》 144호)

2001.12. 문학이론 「소설 개관·20」(《문학공간》 145호)

2001.12. 동화집 『마녀 헤르소의 모험.1』(지경사)

2001.12. 동화집 『마녀 헤르소의 모험.2』(지경사)

2002. 1. 문학이론 「소설의 유형·1」(《문학공간》 146호)

2002. 2. 문학이론 「소설의 유형·2」(《문학공간》 147호)

2002. 3. 문학이론 「소설의 유형·3」(《문학공간》 148호)

2002. 4. 문학이론 「소설의 유형·4」(《문학공간》 149호)

2002. 5. 문학이론 「리얼리즘과 소설 형식·1」(《문학공간》 150호)

2002. 6. 문학이론 「리얼리즘과 소설 형식·2」(《문학공간》 151호)

2002. 7. 문학이론 「리얼리즘과 소설 형식·3」(《문학공간》 152호)

2002. 7. 교양서 『우리 명작 소설 50선』(지경사)

2002. 7. 교양서 『세계를 움직이는 명작 소설 50선』(지경사)

2002. 8. 문학이론 「소설에서의 사실감·1」(《문학공간》 153호)

2002. 9. 문학이론 「소설에서의 사실감·2」(《문학공간》 154호)

2002.10. 문학이론 「소설에서의 사실감·3」(《문학공간》 155호)

2002.11. 문학이론 「소설에서의 사실감·4」(《문학공간》 156호)

2006. 2. 문학평론 「정남채 시인의 시계계」(《문학공간》 195호)

2007. 5. 동화집 『돼지의 일기』(가교출판)

2008. 2. 시 「사랑하고 사랑받는 것보다」(《문학공간》 219호)

2008. 3. 「문학과 함께하는 인생·1」(《문학공간》 220호)

2008. 4. 「문학과 함께하는 인생·2」(《문학공간》 221호)

2008. 5. 「문학과 함께하는 인생·3」(《문학공간》 222호)

2008. 6. 「문학과 함께하는 인생·4」(《문학공간》 223호)

2008. 7. 「문학과 함께하는 인생·5」(《문학공간》 224호)

2008. 8. 「문학과 함께하는 인생·6」(《문학공간》 225호)

2008. 9. 「문학과 함께하는 인생·7」(《문학공간》 226호)

2008.10. 「문학과 함께하는 인생·8」(《문학공간》 227호)

2008.11. 「문학과 함께하는 인생·9」(《문학공간》 228호)

2008.12. 「문학과 함께하는 인생·10」(《문학공간》 229호)

2008.12. 교양서 『이솝우화』(새문사)

2009. 1. 「문학과 함께하는 인생·11」(《문학공간》 230호)

2009. 2. 「문학과 함께하는 인생·12」(《문학공간》 231호)

2009. 3. 「문학과 함께하는 인생·13」(《문학공간》 232호)

2009. 4. 「문학과 함께하는 인생·14」(《문학공간》 233호)

2009. 5. 「문학과 함께하는 인생·15」(《문학공간》 234호)

2009. 6. 「문학과 함께하는 인생·16」(《문학공간》 235호)

2009. 8. 「문학과 함께하는 인생·18」(《문학공간》 237호)

2009. 9. 「문학과 함께하는 인생·19」(《문학공간》 238호)

2009.10. 「문학과 함께하는 인생·20」(《문학공간》 239호)

2009.11. 「문학과 함께하는 인생·21」(《문학공간》 240호)

2009.12. 「문학과 함께하는 인생·22」(《문학공간》 241호)

2010. 1. 「문학과 함께하는 인생·23」(《문학공간》 242호)

2010. 2. 「문학과 함께하는 인생·24」(《문학공간》 243호)

2010. 3. 「문학과 함께하는 인생·25」(《문학공간》 244호)

2010. 4. 「문학과 함께하는 인생·26」(《문학공간》 245호)

2010. 5. 「문학과 함께하는 인생·27」(《문학공간》 246호)

2010. 6. 「문학과 함께하는 인생·28」(《문학공간》 247호)

2010. 7. 「문학과 함께하는 인생·29」(《문학공간》 248호)

2010. 8. 「문학과 함께하는 인생·30」(《문학공간》 249호)

2010. 9. 「문학과 함께하는 인생·31」(《문학공간》 250호)

2010.10. 「문학과 함께하는 인생·32」(《문학공간》 251호)

2010.11. 「문학과 함께하는 인생·33」(《문학공간》 252호)

2010.12. 「문학과 함께하는 인생·34」(《문학공간》 253호)

2010.12. 시집 『당신』(서영출판사)

2010.12. 교양서 『위트』(서영출판사)

2011. 1. 「문학과 함께하는 인생·35」(《문학공간》 254호)

2011. 1. 건강서 『내 몸에 꼭 맞는 영양 가이드』(서영출판사)

2011. 1. 건강서 『비타민과 미네랄 & 떠오르는 영양소』(서영출판사)

2011. 2. 「문학과 함께하는 인생·36」(《문학공간》 255호)

2011. 3. 「문학과 함께하는 인생·37」(《문학공간》 256호)

2011. 4. 「문학과 함께하는 인생·38」(《문학공간》 257호)

2011. 5. 「문학과 함께하는 인생·39」(《문학공간》 258호)

2011. 6. 「문학과 함께하는 인생·40」(《문학공간》 259호)

2011. 7. 「문학과 함께하는 인생·41」(《문학공간》 260호)

2011. 8. 「문학과 함께하는 인생·42」(《문학공간》 261호)

2011. 9. 「문학과 함께하는 인생·43」(《문학공간》 262호)

2011.10. 「문학과 함께하는 인생·44」(《문학공간》 263호)

2011.11. 「문학과 함께하는 인생·45」(《문학공간》 264호)

2011.11. 『청춘이여, 생각하라』(서영출판사)

2011.12. 「문학과 함께하는 인생·46」(《문학공간》 265호)

2012. 1. 「문학과 함께하는 인생·47」(《문학공간》 266호)

2012. 2. 「문학과 함께하는 인생·48」(《문학공간》 267호)

2012. 3. 「문학과 함께하는 인생·49」(《문학공간》 268호)

2012. 4. 「문학과 함께하는 인생·50」(《문학공간》 269호)

2012. 5. 「문학과 함께하는 인생·51」(《문학공간》 270호)

2012. 6. 「문학과 함께하는 인생·52」(《문학공간》 271호)

2012. 7. 「문학과 함께하는 인생·53」(《문학공간》 272호)

2012. 8. 「문학과 함께하는 인생·54」(《문학공간》 273호)

2012. 8. 교양서 『성공 DNA·1』(서영출판사)

2012. 8. 교양서 『성공 DNA·2』(서영출판사)

2012. 9. 「문학과 함께하는 인생·55」(《문학공간》 274호)

2012.10. 「문학과 함께하는 인생·56」(《문학공간》 275호)

2012.11. 「문학과 함께하는 인생·57」(《문학공간》 276호)

2012.12. 「문학과 함께하는 인생·58」(《문학공간》 277호)

2013. 1. 「문학과 함께하는 인생·59」(《문학공간》 278호)

2013. 2. 「문학과 함께하는 인생·60」(《문학공간》 279호)

2013. 3. 「문학과 함께하는 인생·61」(《문학공간》 280호)

2013. 4. 「문학과 함께하는 인생·62」(《문학공간》 281호)

2013. 4. 건강서 『비만 원인』(서영출판사)

2013. 4. 건강서 『비만 탈출』(서영출판사)

2013. 5. 「문학과 함께하는 인생·63」(《문학공간》 282호)

2013. 6. 「문학과 함께하는 인생·64」(《문학공간》 283호)

2013. 7. 「문학과 함께하는 인생·65」(《문학공간》 284호)

2013. 8. 「문학과 함께하는 인생·66」(《문학공간》 285호)

2013. 9. 「문학과 함께하는 인생·67」(《문학공간》 286호)

2013.10. 「문학과 함께하는 인생·68」(《문학공간》 287호)

2013.11. 「문학과 함께하는 인생·69」(《문학공간》 288호)

2013.12. 「문학과 함께하는 인생·70」(《문학공간》 289호)

2014. 1. 「문학과 함께하는 인생·71」(《문학공간》 290호)

2014. 2. 「문학과 함께하는 인생·72」(《문학공간》 291호)

2014. 3. 「문학과 함께하는 인생·73」(《문학공간》 292호)

2014. 4. 「문학과 함께하는 인생·74」(《문학공간》 293호)

2014. 5. 「문학과 함께하는 인생·75」(《문학공간》 294호)

2014. 6. 「문학과 함께하는 인생·76」(《문학공간》 295호)

2014. 7. 「문학과 함께하는 인생·77」(《문학공간》 296호)

2014. 8. 「문학과 함께하는 인생·78」(《문학공간》 297호)

2014. 9. 「문학과 함께하는 인생·79」(《문학공간》 298호)

2014.10. 「문학과 함께하는 인생·80」(《문학공간》 299호)

2014.11. 「문학과 함께하는 인생·81」(《문학공간》 300호)

2014.12. 「문학과 함께하는 인생·82」(《문학공간》 301호)

2015. 1. 「문학과 함께하는 인생·83」(《문학공간》 302호)

2015. 2. 「문학과 함께하는 인생·84」(《문학공간》 303호)

2015. 2. 시집 『나는 매일 밤 바람과 함께 사라진다』(서영출판사)

2015. 3. 「문학과 함께하는 인생·85」(《문학공간》 304호)

2015. 4. 「문학과 함께하는 인생·86」(《문학공간》 305호)

2015. 5. 「문학과 함께하는 인생·87」(《문학공간》 306호)

2015. 6. 「문학과 함께하는 인생·88」(《문학공간》 307호)

2015. 7. 「문학과 함께하는 인생·89」(《문학공간》 308호)

2015. 8. 「문학과 함께하는 인생·90」(《문학공간》 309호)

2015. 9. 「문학과 함께하는 인생·91」(《문학공간》 310호)

2015.10. 「문학과 함께하는 인생·92」(《문학공간》 311호)

2015.11. 「문학과 함께하는 인생·93」(《문학공간》 312호)

2015.12. 「문학과 함께하는 인생·94」(《문학공간》 313호)

2016. 1. 「문학과 함께하는 인생·95」(《문학공간》 314호)

2016. 2. 「문학과 함께하는 인생·96」(《문학공간》 315호)

2016. 3. 「문학과 함께하는 인생·97」(《문학공간》 316호)

2016. 4. 「문학과 함께하는 인생·98」(《문학공간》 317호)

2016. 5. 「문학과 함께하는 인생·99」(《문학공간》 318호)

2016. 6. 「문학과 함께하는 인생·100」(《문학공간》 319호)

2016. 7. 「문학과 함께하는 인생·101」(《문학공간》 320호)

2016. 8. 「문학과 함께하는 인생·102」(《문학공간》 321호)

2016. 9. 「문학과 함께하는 인생·103」(《문학공간》 322호)

2016.10. 「문학과 함께하는 인생·104」(《문학공간》 323호)

2016.11. 「문학과 함께하는 인생·105」(《문학공간》 324호)

2016.12. 「문학과 함께하는 인생·106」(《문학공간》 325호)

2017. 1. 「문학과 함께하는 인생·107」(《문학공간》 326호)

2017. 3. 「문학과 함께하는 인생·109」(《문학공간》 328호)

2017. 4. 「문학과 함께하는 인생·110」(《문학공간》 329호)

2017. 5. 「문학과 함께하는 인생·111」(《문학공간》 330호)

2017. 6. 「문학과 함께하는 인생·112」(《문학공간》 331호)

2017. 7. 「문학과 함께하는 인생·113」(《문학공간》 332호)

2017. 8. 「문학과 함께하는 인생·114」(《문학공간》 333호)

2020. 4. 문학평론 「시인 신석정 연구·6」《문학공간》 365호)

2020. 5. 문학평론 「시인 신석정 연구·7」《문학공간》 366호)

2020. 6. 문학평론 「시인 신석정 연구·8」《문학공간》 367호)

2020. 6. 시 「동백꽃」《한국문예》 창간호)

2020. 7. 문학평론 「시인 윤동주 연구·1」《문학공간》 368호)

2020. 8. 문학평론 「시인 윤동주 연구·2」《문학공간》 369호)

2020. 8. 문학이론서 『시인 신석정 연구』(서영출판사)

2020. 9. 문학평론 「시인 윤동주 연구·3」《문학공간》 370호)

2020.10. 문학평론 「시인 윤동주 연구·4」《문학공간》 371호)

2020.11. 문학평론 「시인 윤동주 연구·5」《문학공간》 372호)

2020.12. 문학평론 「시인 윤동주 연구·6」《문학공간》 373호)

2020.12. 문학대상작 시 「할머니 풍등」, 「폐선」, 「대나무 평상」, 「등대」, 「월식」
　　　　　《오은문학》 2021년 겨울호)

2021. 1. 수필 「쌍골죽과 대금 소리」(김해일보)

2021. 1. 문학평론 「시인 윤동주 연구·7」《문학공간》 374호)

2021. 1. 동화 「마스코트」《시인부락》 12집)

2021. 2. 문학평론 「시인 윤동주 연구·8」《문학공간》 375호)

2021. 2. 시 「푸드코트」(김해일보)

2021. 3. 제2회 타고르 문학상 수상작, 문학평론 「타고르 세계관」《문학시선》
　　　　　19호)

2021. 5. 윤동주 문학상(시 부문), 시 「윤동주·1」, 「윤동주·2」, 「윤동주·3」《문학
　　　　　시선》 20호)

2021. 5. 윤동주 문학상 대상(문학평론 부문), 문학평론 「윤동주 시인 연구」
　　　　　《문학시선》 20호)

2021. 5. 문학평론 「시인 윤동주 연구·11」《문학공간》 378호)

2021. 5. 수필집 『창문을 읽다』(서영출판사)

2021. 6. 문학평론 「시인 윤동주 연구·12」《문학공간》 379호)

2021. 6. 시집 『Happy Imagery』(노벨타임즈)

2021. 6. 수필집 『창문을 읽다』(서영출판사)

2021. 7. 문학평론 「시인 윤동주 연구·13」(《문학공간》 380호)

2021. 7. 동화 「들개의 길」(문학세계 324호)

2021. 8. 문학평론 「시인 윤동주 연구·14」(《문학공간》 381호)

2021. 9. 시 「기록의 건축학」, 「한양도성」, 「여수멸치잡이배」, 수필 「어머니의 이끼」, 「끝자리에서 자신을 만나 보면」(《광주문학》 제100호)

2021. 9. 문학평론 「시인 박두진 연구·1」(《문학공간》 382호)

2021. 9. 시 「커피」(《오은문학》 11호)

2021. 9. 시 「전단지」(《우리詩》 399호)

2021. 9 평설 임금남 시 「시의 씨앗」, 김홍호 동시 「할미새와 할미꽃」, 강정삼 시 「네모 속 그림 세상」, 김한호 수필 「하늘 메아리」, 고운석 시 「자식을 잃은 부모」, 김삼옥 시 「정」, 정찬열 시 「금사정 동백」, 조동희 수필 「더러운 사람들」(광주매일신문)

2021. 9. 수필 「걸음의 방식」(전남매일신문)

2021. 9. 시 「커피」, 「전통재래시장」, 「한양도성」(《오은문학》 2021년 가을호)

2021.10. 문학평론 「시인 박두진 연구·2」(《문학공간》 383호)

2021.10. 동시 「종례 시간」(《두레문학》 30호)

2021.10. 평설 배순옥 시 「탄생」, 윤창혁 동시 「다 보이는데」, 이돈배 시 「궁수가 쏘아내린 소금화살」, 주현진 수필 「박꽃 예찬」, 강대선 시 「잘 익은 감을 바라보는 방향」, 문수봉 시 「조각난 하늘」, 이삼문 시 「자연의 노래」, 박안수 수필 「성공한 사람」(광주매일신문)

2021.10. 수필 「옹이」(전남매일신문)

2021.11. 문학평론 「시인 박두진 연구·3」(《문학공간》 384호)

2021.11. 평설 문정숙 시 「마음의 별」, 송재승 시 「산골처녀」, 안천순 시 「약속」, 오희숙 수필 「친구 이야기」, 나승렬 시 「골무꽃」, 박진남 시조 「가을꽃」, 이상기 시 「비처럼 내린다」, 김진환 수필 「하모니카」(광주매일신문)

2021.11. 수필 「옹이」(영남매일신문)

2021.11. 수필 「국화꽃」(전남매일신문)

2021.12. 문학평론 「시인 박두진 연구·4」(《문학공간》 385호)

2021.12. 평설 김관옥 시 「손저울」, 이강례 시조 「황진이」, 이용식 시 「비의 문」, 송미심 수필 「빈 의자」, 이태웅 시 「그대 흰 손의 겨울」, 정상기 시 「무등산 아래 앞산이」, 정윤희 시 「한낮에 우는 닭」, 김향남 수필 「꽃 밟는 일을 걱정하다」(광주매일신문)

2021.12. 수필 「바다의 힘」(전남매일신문)

2021.12. 수필 「옹이」(《시인부락문예》동인지 제13집)

2021.12. 시집 『독도』(서영출판사)

2021.12. 수필집 『Read the window』(서영출판사)

2021.12. 문학이론서 『시 속에 흐르는 광주 정신』(서영출판사)

2021.12. 동화집 『들개의 길』(서영출판사)

2021.12. 수필집 『5·18』(서영출판사)

2021.12. 디카시 문학상 대상 「호숫가」, 「꽃신」, 「연못」, 「나」, 「사랑의 길」, 「열정」(《오은문학》 2021 겨울호)

2022. 1. 문학평론 「시인 박두진 연구·5」(《문학공간》 386호)

2022. 1. 평설 오재동 시 「이슬」, 이문평 시 「새, 언어의 유희」, 한해련 시 「마음으로 쓰는 일기」, 이민주 수필 「어등산을 오르며」, 박성기 시 「빈 나루터에서」, 정관웅 시 「연」, 홍영숙 시 「광주천을 알고 싶다」, 이윤수 수필 「천제단 산신제」(광주매일신문)

2022. 1. 수필 「그믐달」(전남매일신문)

2022. 2. 문학평론 「시인 박두진 연구·6」(《문학공간》 387호)

2022. 2. 평설 고명순 시 「재단사의 고백」, 최상일 시 「고독」, 허갑순 시 「뜨거운 바퀴」, 김경선 시 「곰배령 가 보기」, 김영임 시 「보성 다원」, 김용국 시 「어떤 하루」, 문예자 수필 「찰나의 망각」(광주매일신문)

2022. 2. 수필 「울림의 문」(전남매일신문)

2022. 3. 문학평론 「시인 박두진 연구·7」(《문학공간》 388호)

2022. 3. 평설 조경환 시 「붉은 돼지집을 전망하다」, 이철호 시 「까치집」, 김병중 시 「숫돌」, 유순남 수필 「안개 속을 걷다」, 김석문 시 「낙락장송의 죄」, 윤삼현 동시 「마음의 숙제」, 이전안 시조 「호반새 나는 아침」, 이연순 수필 「머물고 싶은 곳」(광주매일신문)

2022. 3. 수필 「못」(전남매일신문)

2022. 4. 문학평론 「시인 박두진 연구·8」(《문학공간》 389호)

2022. 4. 평설 강남호 시 「이별도 내 사랑이라오」, 유해상 시 「눈썹달」, 공옥동 시 「5.18 묘역에서의 해후」, 고병균 수필 「UN의 공식 언어가 된 한국어」, 이여울 시 「포공영」, 이길옥 시 「디딤돌」, 박길무 시 「어머니 환영」, 김한호 수필 「마음의 꽃」(광주매일신문)

2022. 4. 수필 「봄 햇살」(전남매일신문)

2022. 5. 문학평론 「시인 박두진 연구·9」(《문학공간》 390호)

2022. 5. 평설 이겨울 시 「군불」, 박관석 시 「광주역사민속박물관에서」, 기세규 한시 「荒島鳴沙十里素景」, 김재유 수필 「나를 좀 꼭 안아 줘요」, 조연화 시 「연등을 걸며」, 이재설 시 「담쟁이를 보며」, 김윤묵 시 「알츠하이머」, 정형래 수필 「달의 신비는 누구도 깨지 못한다」, 조민석 시 「햇살이 빚어낸 그림」, 백국호 시 「돌탑을 쌓아가는 사람들」, 나종복 시 「5·18 그 무렵」, 문향선 수필 「그날을 헤아리며」(광주매일신문)

2022. 5. 수필 「열쇠」(전남매일신문)

2022. 6. 문학평론 「시인 박두진 연구·10」(《문학공간》 391호)

2022. 6. 평설 손덕순 시 「텅 빈 고요」, 설상환 시 「반섬의 꿈」, 김민경 「참선」, 남은례 수필 「비워내고 얻은 즐거움」, 이연례 시 「엄지족의 진화」, 이문석 동시 「새벽별」, 김형순 시 「엄마의 빈방」, 김경옥 수필 「아기공룡」(광주매일신문)

2022. 6. 수필 「다림질」(전남매일신문)

2022. 7. 문학평론 「시인 박두진 연구·11」(《문학공간》 392호)

2022. 7. 평설 김정희 시 「절창」, 서복현 시 「하얀 거짓말」, 이성자 동시 「미안해, 정말 미안해」, 김영자 수필 「동그라미 편지」, 김용주 시 「그림자」, 최영희 시 「그 시절의 향기」, 오승준 시 「너를 만나고 싶다」, 김용옥 수필 「환상여행」(광주매일신문)

2022. 7. 수필 「동백꽃과 노랑이」(전남매일신문)

2022. 8. 문학평론 「시인 박두진 연구·12」(《문학공간》 393호)

2022. 8. 평설 김옥중 시조 「자목련」, 강금이 시 「그리운 누이와 여름」, 양동률

시 「발 끝에 돋는 나비의 꿈」, 김정화 수필 「무등산」, 조현아 시 「거리 두기」, 오소후 시 「무슨 힘으로」, 임해원 시 「꽉 찬 고요」, 소묘란 수필 「가을 청평사」(광주매일신문)

2022. 8. 수필 「그 남자의 글쓰기」(전남매일신문)

2022. 9. 문학평론 「시인 박두진 연구·13」(《문학공간》 394호)

2022. 9. 평설 최인순 시 「가슴에 붉게 피어」, 김양자 시 「낙엽, 말을 걸어오다」, 노남진 동시 「동백꽃」, 임인택 수필 「분홍 주름잎 풀꽃」 공난숙 시 「지산동 그 집」, 김경희 시 「이순 앞에서」, 이선근 시 「두가 세월교에서」, 박용서 수필 「오메! 머리가 흐커네」(광주매일신문)

2022. 9. 수필 「맨드라미 꽃차」(전남매일신문)

2022.10. 문학평론 「시인 박두진 연구·14」(《문학공간》 395호)

2022.10. 평설 김영석 시 「항쟁의 반란」, 이춘배 시 「집착」, 백정환 시 「아름다운 광채」, 박영덕 수필 「모여 있는 불빛」, 강태산 시 「빈집」, 양해철 시 「가을이 오면」, 김용 시 「구월이 간다」, 고병옥 수필 「봄날 애」(광주매일신문)

2022.10. 수필 「나만의 종교, 수석」(전남매일신문)

2022.10. 동화 「까치 왕국」(김해일보)

2022.10. 수필 「옹이」(김해일보)

2022.11. 문학평론 「시인 박두진 연구·15」(《문학공간》 396호)

2022.11. 평설 김명희 동시 「집 속에 집」, 최상일 시 「봄이 오기 전」, 김효비야 시 「첫사랑을 낳은 여자」, 장소영 수필 「그대 이름은 도루묵여사」(광주매일신문)

2022.11. 수필 「헛꽃」(전남매일신문)

2022.11. 평설 김목 동시 「내 솜사탕 어디 갔어?」, 문제완 시조 「문척 이모」, 최현규 시 「설악산 공룡능선을 걸으며」, 오경심 수필 「어머니의 들깨」(광주매일신문)

2022.11. 수필 「스니커즈」(전남매일신문)

2022.12. 문학평론 「시인 박두진 연구·16」(《문학공간》 397호)

2022.12. 수필 「압력밥솥」(전남매일신문)

2022.12. 평설 윤영훈 시 「12월」, 김재길 시 「데미샘 소회(素懷)」, 서연정 시조
「메타버스」, 신중재 수필 「父母가 반 孝子」(광주매일신문)

2023. 1. 문학평론 「시인 박두진 연구·17」(《문학공간》 398호)

2023. 1. 수필 「폐가」(전남매일신문)

2023. 1. 평설 전숙 시 「주름의 깊이」, 이보영 시조 「내 고향 성산」, 임린 시 「부
재」, 윤소천 수필 「화광동진의 무등산」(광주매일신문)

2023. 2. 문학평론 「시인 박두진 연구·18」(《문학공간》 399호)

2023. 2. 수필 「가시」(전남매일신문)

2023. 3. 문학평론 「시인 박두진 연구·19」(《문학공간》 400호)

2023. 3. 수필 「마지막 항해」(전남매일신문)

2023. 4. 문학평론 「시인 박두진 연구·20」(《문학공간》 401호)

2023. 4. 수필 「수건」(전남매일신문)

2023. 5. 문학평론 「시인 박두진 연구·21」(《문학공간》 402호)

2023. 5. 시집 『당신의 저녁이 되고픈 날』(도서출판 시와사람)

2023. 5. 수필 「감자」(전남매일신문)

2023. 5. 수필 「옹이 」(중부일보)

2023. 6. 수필집 『바다의 힘』(도서출판 한림)

2023. 6. 수필 「간고등어」(전남매일신문)

2023. 6. 문학평론 「시인 박두진 연구·22」(《문학공간》 403호)

2023. 6. 시 「동백꽃」(《문파》 68호)

2023. 7. 문학평론 「시인 박두진 연구·23」(《문학공간》 404호)

2023. 8. 제27시집 『박덕은 시선집; 사랑의 힘 』(도서출판 시와사람)

2023. 8. 문학평론 「시인 박두진 연구·24」(《문학공간》 405호)

2023. 9. 문학평론 「시인 박두진 연구·25」(《문학공간》 406호)